KB147565

청소년 에세이

남다른 사람이 활짝 꽃핀다

고정욱 지음

율도국

■ 머리말

강연을 많이 다니는 나는 붉은 색을 좋아한다. 붉은 넥타이를 매면 강연 듣는 사람들의 주목도가 높아지기 때문이다. 그리고 열정을 상징하는 것 같아서 느낌도 좋다. 아내가 그런 나에게 옷을 사다 주겠다고 하기에 눈에 획 띄는 걸 사오라고 했더니 이미 나는 휠체어에 앉아 있으니 눈에 안 띌 수가 없다고 한다.

그렇다. 나는 남다른 사람이다. 좋은 의미이기도 하지만 이렇게 부정적 의미도 있다. 과거에는 어디든 가면 사람들이 동물원 원숭이 보듯 구경하고 쳐다보는 일이 많았다. 그런 시선이 장애인들에게 큰 상처를 준다. 시선은 말없이 던지는 표창이 되기도 한다.

하지만 나는 나의 처지를 약진의 발판으로 삼았다. 장애인이어서 문학을 하는 게 불가능할 거라는 말이 틀렸음을 보란 듯이 증명했다. 공부도 제대로 하기 힘들다는 말, 돈도 못 번다는 편견, 그리고 결혼도 불가능하다는 단정이 모두 틀렸음을 증명했다. 돌이켜 보면 내가 남들과 달랐기에 삶의 방식도 다를 수밖에 없었던 것 같다.

2

요즘 청소년들은 자신이 남과 다른 걸 두려워한다. 그저 공부만 해야 하고, 자신의 개성을 죽여야만 따돌림이나 학교폭력으로부터 안전하다고 생각하기도 한다. 그러면서 사회는 창의 인성을 강조한다.

인간은 어차피 하나도 같은 사람이 없게 태어났다. 자신만의 방식대로 가치관대로 살아가는 길밖에 없다. 그러면서 자신이 처한 환경에서 최선을 다해 삶의 꽃을 피워야 한다. 바람에 실려 날아간 민들레 홀씨가 자신이 떨어진 곳을 탓하지 않고 그 자리에서 뿌리를 내리고 꽃을 피워 또 다른 홀씨를 세상에 보내는 것과 같은 이치다.

부디 이 책이 청소년들에게 자신만의 삶의 방식을 찾는 데에 도움이 되었으면 한다.

2014. 고정욱

■ 차례

1 부

남다른 사람이 활짝 꽃핀다

자기 이름으로 살아가기

수년 전, 내가 강의 나가는 대학에서 백일장을 연 적이 있었다. 심사위원으로 참여한 나는 학생들이 써서 제출한 수천 편의 글을 단시간 내에 읽어야만 했다.

대학입시에서 백일장 수상 성적이 중요한 요소로 작용해서인지 많은 학생들이 참여했고, 나를 비롯한 몇몇 심사위원들은 당선작을 엄선해야 할 필요가 있었다.

그날의 글제는 '이름'.

이런 백일장에 나가 응모작들을 심사해보면서 늘 느끼는 거지만, 대개의 글들은 그 첫머리부터 서로 비슷하다. 그러니 아주 독특하게 쓴 글이 아니면 눈에 잘 들어오지 않는다.

그때도 예외는 아니었다. 대부분 학생들이 자신의 이름에 대해 언급하며 이야기를 풀어나가기 시작했기 때문이다.

나의 이름은 김철수다. 할아버지께서 지어주신 고귀한 이름이다.……

이런 글들은 바로 탈락이다. 자신들은 나름대로 재미나게 쓴다고 쓴 모양인데 누구나 '이름' 하면 자기 것부터 떠올리기 때문이다. 이런 글들이 수백 편이니 이름 알기를 너무 쉽게 아는 게 아닌가 싶을 정도였다.

두 번째로 많은 것이 바로 김춘수 시인의 '꽃'을 인용하며 시작하는 거였다.

내가 그의 이름을 불러 주기 전에는 / 그는 다만 / 하나의 몸짓에 지나지 않았다.

이 시를 전부 다 암기해 인용하는 장한 친구도 있었지만 대개는 한 두 줄, 인용하고는 이름의 의미, 이름이 갖는 기능 등 등을 불투명하게 언급했다.

안타깝지만 이런 글들도 모두 탈락이었다.

결론적으로 내가 느낀 것은 이름이라는 글제가 너무나도 쉽지만, 또한 잠시 생각하면 너무도 어렵다는 사실이었다.

내 것이지만 남이 주로 쓰는 것이 무엇이냐는 수수께끼의 정답은 바로 이름이다. 이름이야말로 나를 위한 것이 아니라 남을 위한 것이다.

연전에 우리 아이들의 이름을 다 바꾼 적이 있다. 이름이 별로 좋지 않다는 아내의 강력한 주장에 의해서였다. 나는 한 번 지은 이름인데 뭐 바꿀 필요 있느냐, 그리고 이름대로 운명이 정해진다면 그건 너무 웃기는 거 아니냐고 반박해봤다. 그러나 아내의 생각은 달랐다. 이름엔 분명 좋은 이름이 있고, 개개인에게 맞는 이름이 있다는 거였다. 물론 나 역시 책을 한 권 쓰더라도 보다 좋은 제목- 책의 이름은 제목이다 -을

11

달기 위해 노력한다. 그 말에 절대 공감하고 있지만 또한 운명은 개인의 노력 여하에 달렸다는 강력한 신념도 있었기에 물러날 수 없었다.

우리 부부의 오랜 소모전의 승자는 아내였다. 아내는 법원에 가서 아이들의 이름을 직접 바꿨다. 그로써 나는 더 이상의 아이들 이름을 둘러싼 논쟁을 타의에 의해 접을 수밖에 없었다.

대부분 어린 시절에는 스스로 판단하기 힘들기에 자연스럽게 부모가 지어준 이름을 사용한다. 그래서 부모의 생각이나 의지가 자녀의 이름에 반영되어 이름이라는 매개체로 자녀들에게 전달된다.

그렇다면 성인이 되어 스스로 판단이 가능한 나이가 되면 자기 이미지나 의지에 따라 자기만의 이름을 갖는 것은 어떨까?

부모가 지어주신 이름으로는 도저히 자신의 가치나 목표를 나타내지 못한다면 스스로의 이름을 갖자.

작가, 예술가, 연예인들은 필명이나 예명이 많다. 예를 들면 작고한 앙드레김의 본명은 김봉남이다. 김봉남이라는 본명을 가지고 패션 디자이너로 활동하는 상상을 해 보자. 우아한 이미지에 방해가 됐을 것이다.

신나게 일등으로 성공한다는 뜻의 영화배우 신성일은 국회의원에 도전했는데 낙선하고 말았다. 신성일은 그의 예명이고 본명은 강신영인데 선거는 본명으로 했으니 사람들이 알 수가 없었던 것이다. 그는 세 번이나 도전하여 마침내 성공했다. 그는 본명 강신영을 법적으로 개명하여 "강신성일" 이라고 고쳤다.

위인들이나 유명 작가들을 보면 본명이 있지만 호나 또 다른 이름을 사용하고 있다. 육당 최남선, 백범 김구, 춘원 이광수, 미당 서정주, 동랑 유치진 등등.

유명한 사람 가운데 본명을 쓰지 않고 필명이나 예명을 쓴 사람을 조사해 보니 30%나 된다고 한다. 이것은 개명 평균인 10%보다 20%가 더 많다. 이것은 스스로의 철학이나 가치를 실천하기 위해서는 부모가 지어준 이름으로는 부족하다고 생각했기 때문이다.

외국인 가운데도 이름을 바꾼 위인들도 많다.

마하트마 간디 (Mahatma Gandhi)의 본명은 모핸즈 카라마칸드 간디(Mohands Karamchand Gandhi)였다. 이름을 짧게 하고 '위대한 영혼'이라는 뜻을 전달하기 위해 마하트마로 개명했다.

패션 디자이너 코코 샤넬의 본명은 가브리엘 보네르 샤넬(Gabrielle Bonheur Chanel)이었다. 이름이 길고 패션에 맞지 않아 코코라는 개성있는 이름으로 바꿔 성공했다.

이름을 바꿔서 잘 되겠다는 생각은 그만치 성공에의 의지가 강한 것이라고 해석할 수 있다. 그런 정도의 의지를 가진 사람이라면 어떤 어려움도 이겨내고 성공하지 않을까? 중요한 건 이름과 더불어 성공을 향한 피와 땀이라고 생각한다.

질문의 힘은 바위도 움직인다

나는 강연을 가면 누구에게나 질문을 받을 때 첫마디로 좋은 질문이라고 말해준다. 초등학교나 중고등학교 강연을 가면 정말 엉뚱한 친구들이 많아서 별의별 질문을 다 한다. 심지어는 돈을 얼마나 버냐든가, 차는 뭘 타냐든가, 몇 평 아파트에 사느냐는 질문까지 받는다.

아이들이기 때문에 할 수 있는 질문이다. 아이들은 체면이나 눈치 안보고 솔직하게 궁금한 것을 물어본 것이다.

그런 질문이 나오면 나는 속으로는 당황하지만 웃는 얼굴로 먼저 말한다.

"참 좋은 질문이에요."

그러고 나서 질문에 대답해 준다.

집에서도 아이들이 하는 모든 질문에 좋은 질문이라고 칭찬하면 끊임없이 탐구하는 정신이 생긴다.

실제로 나쁜 질문은 없다. 모든 질문은 좋은 질문인 것이다.

하버드 대학에 가면 가장 많이 듣는 대답이 좋은 질문이라는 칭찬이라고 한다. 교수들은 무슨 질문을 하든 좋은 질문이라고 대답부터 해야 한다는 것이다. 그렇게 해줌으로써 질문한 사람이 고무되고 그 질문의 의미가 새로워진다.

유태인 부모들은 아이들에게 학교에서 무슨 일이 있었냐고 묻지 않고, 무엇을 질문했느냐고 묻는다고 한다. 질문을 하지 않으면 엄마는 다음에는 꼭 질문하라고 지도한다.

유태인들은 자녀의 개성을 존중해 주고 절대로 '엄마 친구 아들'과 비교하지 않는다. '남들처럼' 똑같이 하는 것보다 '남과 다르게' 하도록 격려한다. 그들은 말없이 듣기만 하는 걸 싫어한다. 그런데 우리는 성공하려면 남의 말을 잘 들어야 한다고 하는데 과연 누구 말이 맞을까.

유태인들이 자녀들을 질문하도록 교육하는 것은 유목민의 문화를 반영한 자연스러운 결과이다. 유목민은 늘 이동하며 새로운 땅에 도착하여 새로운 것을 만나기에 늘 '이것은 무엇일까' 호기심을 가지고 탐구해야 하는 것이다.

우리가 남의 말을 잘 듣도록 교육하는 것은 농경사회 문화가 반영된 결과이다. 농경사회에서는 경험이 중요하기에 남의 경험을 잘 들어야 하는 것이다.

지금은 어떤 시대일까.

지금은 농경사회라기 보다는 유목사회이다. 모바일 기기 등으로 어디든 이동하며 정보를 얻고 새로운 세계를 개척해야 하는 시대이다.

유태인들은 항상 질문하고 사물에 호기심을 갖기에 겨우 1,700여만 명의 인구지만 알다시피 뛰어난 사람들이 많이 나왔다.

스티븐 스필버그(영화감독), 아인슈타인(물리학자), 프로이트 (정신분석자), 피카소(화가), 록펠러(기업가), 앨런 그린스펀(경제학자), 채플린(배우) 등등.

아인슈타인은 어릴 때 "빛처럼 빨리 달리면 빛은 어떻게 보일까요?"라는 질문을 했다. 아인슈타인은 자기가 했던 질문을 일생에 걸쳐 풀어나갔다.

영화감독 스티븐 스필버그는 자기가 좋아하는 분야에 집중하여 영화에 대해 질문하고 영화를 만들기 위해 매진했다. 일반인들이 볼 때 학과 공부는 안 하고 옆길로 나가는 것 같았지만 부모님은 그의 이야기를 존중하고 재미있다고 격려해 주었다. 그리하여 오늘날 세계적인 영화감독으로 성공했다. 궁금증 없이 교과서만 외웠다면 결코 있을 수 없는 일이다. 기존의 원리를 뒤집어야 위대한 학설이 탄생하는 것이다.

학교에서 배우는 교과서도 영원불멸한 내용은 아니다. 시간에 따라 바뀌고 학설에 따라 바뀐다. 예를 들면 태양계의 행성 가운데 명왕성은 1990년대까지만 해도 행성이라고 굳게 믿고 있었는데 2006년 무렵부터 갑자기 행성이 아니라고 한다.

명왕성이 행성에서 빠진 이유는 이거다. 공전궤도에서 다른 어떠한 영향도 받지 않아야 행성이라고 한다. 그런데 명왕성은 위성인 카론의 영향으로 공전 궤도에 영향을 받기 때문에 행성이 아니라는 주장이다.

물론 명왕성이 행성이 아니라고 해서 우리의 일상 생활에 큰 지장이 있는 것이 아니다. 다만 그렇게 외웠고 불변의 진리라고 생각했던 지식이 갑자기 바뀌니 혼란스러울 따름이다.

매년 이렇게 교과서 내용이 바뀌는 부분이 200군데나 된다고 한다.

그렇게 보면 교과서 같은 사람이라는 말은 결코 칭찬이 아니다. 교과서를 바꾸는 사람이 되겠다는 의지로 항상 질문한다면 언젠가 자신의 분야에서 독보적인 존재가 될 것이다.

인간은 원래 질문이 많은 동물이다. 그 이유는 아이들을 보면 알 수 있다. 유치원, 초등학생들은 왜?, 뭐야? 등 질문이 늘 많다. 그러다가 점점 나이가 들어가면서 질문이 없어진다. 질문보다는 오히려 답을 정확히 외워서 말해야 하는 우리 교육 환경 때문에 그렇다.

- 하늘은 왜 파란색이야?

어린 시절 이런 질문에 교과서대로 과학적으로 대답해도 되겠지만 상상력을 길러주기 위해서 문학적으로 대답해도 좋다.

- 사과랑 닮았잖아. 파랗다가 붉어지려고…….

- 엄마, 달은 왜 어떨 땐 낮에도 하늘에 떠 있어?

이 질문도 문학적으로 이렇게 대답하는 것은 어떨까.

- 가끔 낮에는 세상이 어떻게 보이나 궁금해서 나왔겠지.

어떻게 질문하느냐에 따라 창의적인 아이디어가 나온다

핸드폰의 입력방법 천지인은 다른 더 좋은 방법은 없나, 라는 의문을 통해 나온 아이디어 특허품이다.

한글의 ㅏㅑㅓㅕ의 기본모음은 떼어서 생각할 수 없는 것으로 여겼는데 꼭 그렇게 해야 하느냐는 질문을 통해 점(·)과 획(ㅣ)으로 나누어 편리하게 입력하도록 한 것이다. 훈민정음의 창제 원리인 천지인을 다시 받아들인 셈이다.

교육열에 있어서 둘째가라면 서러운 한국과 이스라엘의 차이점은 바로 질문이 있고, 없고 이다.

일찍 무언가를 배우는 것이 중요한 것이 아니라 남과 다른 생각으로 항상 의문을 품고 기존의 고정관념을 깨는 것이 중요하다.

광고 회사에서는 창의적인 카피라이터를 뽑기 위해 황당하고 엉뚱한 문제를 낸다. 그 질문 하나를 독자에게 던지면서 이 글을 마칠까 한다.

* 화폐 기능을 거의 하지 못하는 10원짜리 동전으로 할 수 있는 것 열 가지는?

* 하늘에서 눈 대신 설탕이 온다면 어떻게 될까?

자리 하나로 인생이 달라진다

강연 중 재미있는 사실은 강연 장소가 대개 뒷자리부터 찬다는 사실이다. 청중들은 앞자리는 가급적 피하고 중간에 앉기도 하고, 맨 뒤에 앉기도 하며, 좌석열의 가운데나 가장자리에 앉기도 한다. 결국 마지막에 가서야 앞자리가 찬다.

어느 자리에 앉느냐에 따라 성격을 파악할 수 있고, 그 사람의 미래를 알 수 있다.

강연장에서 앞자리에 앉은 사람들은 눈이 초롱초롱하며 귀를 쫑긋 세워 열심히 듣겠다는 자세가 되어 있다. 뒷자리 사람들이 웅성거리며 드나드는 사람들에게 방해받아 고개를 돌리거나 화장실도 수시로 오가는 것에 비하면 앞자리는 그야말로 최고의 자리인 셈이다. 앞자리에 앉은 사람들은 오로지 나만을 바라본다.

학교 다닐 때 보면 맨 앞자리는 대개 공부 열심히 하는 우등생들의 차지였다. 물론 키 순서대로 앉을 때는 예외지만 자유롭게 앉을 때 자리에 따라 그 사람의 심리적 상태나 의지를 알 수 있다

최근 인터넷에 재미있는 그림이 하나 떠돌아 다녔는데 정말 그 그림이 내 생각과 딱 맞는다.

그 그림을 보면 중앙 앞부분에 우등생들이 몰려 있다. 제일 앞부분은 몇몇 허당들도 끼어 있어 역시 가장 좋은 명당은 둘째 줄이다. 가장 앞부분은 강의하는 교사의 침이 튈 수도 있으니 적당히 떨어지는 것이리라.

가장자리에 앉은 아이들은 창 밖 구경파, 낙서쟁이, 아니면 평범한 학생들이다. 제일 뒷자리에는 전체를 조망할 수 있는 '일진'들이 자리를 잡는다. 전체를 한 눈에 볼 수 있다는 점에서는 좋은 자리일 수도 있다. 하지만 전체를 이끄는 리더는 되지 못한다. 일진의 바로 앞에는 일진들이 쉽게 심부름 시킬 수 있는 아이들의 자리라고 한다.

그 그림이 우리 사회의 자리 배치와 똑같아 묘한 충격을 주면서 신기하다는 생각이 든다.

그런데 여기서 중요한 것은 '그냥 꼽사리'라고 되어 있는 아이들이다. 우등생도 아니면서 앞에 앉은 아이들을 지칭한다. 이 아이들은 미래의 꿈이 불분명하지만 앞자리에 앉는 것 자체가 가능성이다. 언젠가는 이들이 주류가 될 수도 있기 때문이다.

강연 중에 수첩을 꺼내 메모를 하며 내용을 적는 사람도 대부분은 맨 앞에 앉은 청중들이다. 그리고 강연이 끝나면 손을 들고 눈을 마주치며 일어서서 이것저것 묻는 이들도 거의 앞자리에 있는 사람들이다. 강연이 끝나 연락처를 달라고 하며 추후에 궁금한 점이 있을 때 연락하겠다고 하는 이들도 역시 대개는 앞자리에 앉은 그들이다.

여기에서 나는 아주 단순한 진리를 깨닫는다.

맨 앞에 앉는다는 것은 삶에 적극적으로, 또는 공격적으로 임한다는 의미일 수도 있다.

물론 단점도 있다. 너무 가까우면 교사나 강사가 던지는 불의의 질문에 대답도 해야 하지만 그런 것도 견디어 낼 수 있어야 한다.

또 모든 행사에서 맨 앞자리는 귀빈석이다. 그러므로 앞 자리에 앉는 습관에는 귀한 사람이 되겠다는 무의식이 들어 있다.

앉는 자리에 따라 그 사람의 지위가 나타나는데 어디에 앉느냐에 따라 실제 삶의 위치가 달라진다.

지도자가 되고 싶다면 앞자리에 앉아라.

인생이라는 강연에 맨 앞자리에 앉을 것인지, 맨 뒤에 앉을 것인지는 어느 누구도 강요하지 않는다. 스스로 선택할 뿐.

.

별 거 아닌 것이 인생을 바꾼다

- 누군가 그대를 지켜보고 있다

대학교 다닐 때의 일이었다. 장애인이면서 돈도 못 버는 국문과 학생인 나는 미래에 대한 불확실성과 불투명함으로 자다가도 벌떡 일어날 지경이었다. 막연히 대학을 졸업하면 어떻게 되겠지, 라는 생각조차도 나에게는 허용되지 않았다. 그야말로 가능성이 제로였기 때문이다.

국문과를 나오면 대부분의 남자들은 군대를 다녀와 교사자격증을 획득한다. 그러면 그 시절에는 어디든 중, 고등학교에 국어 교사로 취직할 수 있는 길이 어렵지 않게 열렸다.

그러나 나는 교직을 신청할 수도 없는 1급 지체장애인. 국문과를 졸업해 가장 유리하다고 생각할 수 있는 기득권조차 나의 것이 아니었다. 한 번은 강의 시간에 어려서부터 즐겼던 만화를 연습장 한쪽 구석에 끄적끄적 그렸다. 그야말로 심심파적이었지만 이미 중,고등학교 때 교지에 선생님들의 캐리커처까지 실어봤던 경험이 있는지라 만화만은 누구보다도 잘 그릴 자신이 있었다.

22

그때 그런 나를 지켜보는 눈이 있었다. 같은 과 친구였던 녀석이 얼마 후 자신이 수습기자로 있는 학보사에 이야기한 거였다. 마침 학보사에서는 만화 그릴 기자를 새로 찾는 중이었다.

며칠 뒤 그 친구의 안내로 나는 신문사에 불려갔고, 그곳에서 내 만화를 본 편집장 선배는 다음 주부터 만화를 그려오라고 했다. 생각지도 않게 능력을 발휘할 수 있는 기회가 열린 거였다. 그 뒤 나는 매주 학보에 만화를 그리게 되었고, 그 시절로서는 제법 두툼하던 원고료까지 받았다. 과에서 가장 별볼일 없는 장애인이었던 내가 졸지에 매주 원고료를 받는, 주머니 사정 넉넉한 학생으로 신분상승이 되고 말았다.

친구들은 원고료가 나오는 날이면 신문사 앞에서 나를 기다렸다가 함께 술집으로 직행하곤 했다. 신문에 만화와 글들이 실리면서 나는 비로소 활자의 매력을 느끼게 되었다. 글을 써도 돈을 벌 수 있다는 가능성을 처음으로 생각할 수 있게 된 것이다. 그때부터 작은 승리를 경험하며 실력을 쌓아간 것이 결국 오늘날 나를 이렇게 작가로 만들었다.

인생은 늘 이렇다. 별 것 아닌 일 같지만 최선을 다하고 성실히 일하면 이 세상에서는 꼭 누군가가 그것을 지켜보고 있다.

철강왕 앤드류 카네기는 어린 시절 미국으로 이민 와서 면직물 공장에서 일하다가 전보국으로 옮겨 일하게 되었다. 모스 부호로 온 전보를 기사가 받아 해석하면 그것을 들고 시내의 배달처에 갖다주는 것이 그의 일이었다. 호기심 많고 총명한 카네기는 그저 자기 일만 한 게 아니라 기사의 일을 어깨 너머로 보고 그대로 다 터득해버리고 말았다. 게다가 배달 다니면서 자신의 관할 구역 사람들이 어디에서 어떻게 일하는지 다 알 수 있게 이름을 모두 암기해 버렸다. 그러니 남들보다 훨씬 빠르게 전보를 전달하고 돌아왔다. 길 가다가도 자기가 가려는 사무실 사람의 옆자리 직원을 만나면 그에게 전보지를 부탁해서 전달해주는 식이었다.

펜실베이니아철도회사 사장인 토머스 스콧의 눈에 띄어 카네기는 1853년 그의 개인비서로 고용되었다. 카네기는 계속해서 고속승진을 거듭하여 1859년에는 이 철도회사의 서부지역 총책임자가 되었고, 이때 침대차를 발명했다. 이런 능력을 인정받아 산업과 금융계통의 회사에 투자해 나중에는 세계적인 철강왕이 된다.

내가 나만의 공간에서 열심히 일해도 누군가 내 운명을 바꿀 높은 사람이 항상 지켜보고 있음을 명심해야 한다.

남다른 사람이 활짝 꽃 핀다

강연이 끝나면 대개 질문을 받는데 하루는 어느 학생이 뜬금 없이 이렇게 물었다.

"선생님은 다시 태어나도 장애인이 되고 싶으시죠?"

뒤통수를 맞는 기분이었다. 어느 누가 장애인이 되어 다시 태어나고 싶단 말인가.

하지만 곰곰이 생각해보니 그 학생이 그런 질문을 한 이유 가 있었다. 한 시간 남짓 이어지는 나의 강연 제목은 '더불어 사는 세상을 위하여'다. 그런데 강연 내내 장애인으로서 힘들 고 나약하게 살아온 이야기를 하는 것만이 아니라 내가 얻은 것, 이룬 것, 그리고 신나고 활기차게 살아온 것, 쉽게 해보지 못한 수많은 다양한 경험들을 소개했다. 한 마디로 엄청나게 '잘난 척'을 하는 것이다. 그러다보니 어린 학생들이 저렇게 멋진 삶을 살고 있으니 다시 태어나도 장애인이 되고 싶겠구 나, 라고 오해해 질문을 했으리라.

장애인이 되지 않았더라면 나의 삶은 어떠했을까 가만히 생 각해본다. 결과론이겠지만 오히려 장애인이었기에 내가 더 멋진 삶을 사는 것이 아닐까?

그 이유는 대략 네 가지가 있다.

1. 절제

내가 장애를 가지고 남들과 다른 몸을 가졌다는 것이 오히려 나를 더욱 절제하게 만든다.

나는 술 담배를 하지 않는다. 심지어 커피도 잘 마시지 않는다. 젊은 시절에는 조금씩 해보았지만 남들과 다른 나의 몸을 지키고 보존하는 데 별로 도움이 되지 않는다는 사실을 깨달았다. 다시 말해 내 몸을 소중하게 여길 줄 알게 된 것이다. 몸에 좋지 않은 것은 가급적 하지 않고 쾌락과 즐거움을 주는 삶의 요소들을 거부할 수 있었다.

흔히들 이미 망가진 몸 아낄 게 뭐 있냐고 생각하지만 나는 반대다. 망가진 몸이기에 더욱 소중하게 갈고닦아 오래도록 유용한 것으로 만들어야 한다. 그러다보니 오십대 초반의 나이가 된 지금까지도 수없이 많은 강연을 다니고 일 분, 일 초를 아끼며 살고 있지만 건강에는 아직까지 그다지 큰 문제가 없다.

2. 감사함

자동차가 꽉 막힌 도로를 운전해 갈 때 대부분의 사람들은 짜증을 낸다. 목적지까지 빨리 가지 못하기 때문이다. 그럴 때

26

면 나는 생각한다. 수많은 이 땅의 장애인들이 활동을 하지 못하고 집안에만 틀어박혀 하루 종일 우울한 삶을 사는데, 나는 다행히 억수로 운이 좋아 차를 직접 운전하면서 비장애인들과 함께 경쟁하며 험하고 바쁜 세상에서 그들과 어깨를 겨루고 있는 것이 아닌가.

이 얼마나 고마운 일인가. 막히는 게 아니라 아예 차가 안 간다고 하더라도 감사할 일이다. 이렇게 생각을 하면 이 세상에서 화를 낼 일이 전혀 없다.

3. 성실

청소년기에 학교까지 걸어가려면 목발 짚고 3,4백 미터를 움직여야 했다. 학생들이 교문으로 쏟아져 들어가는 시간은 나에게 불편하기도 하고 답답하기도 했다. 나는 결국 학교에 가장 일찍 등교하는 아이가 되기로 결심했다.

아침에 일어나 밥을 먹고 집을 나서면 6시 무렵이다. 교문 앞에 도착하면 6시 30분. 교문도 이제 갓 열렸는데 학생은 하나도 없다. 목발을 짚고 비척비척 운동장을 가로질러 가는 기분은 더없이 상쾌하다. 나는 장애가 있었기에 남들보다 더 부지런할 수 있었고, 장애가 있었기에 남들보다 더 성실해야만 했다.

만일 내가 비장애인이었다면 집 앞에 학교가 있는데 그렇게 서둘러 일찍 학교를 가야 할 이유가 없다.

4. 소명

장애인은 인구의 10퍼센트이기에 무시해버리기에는 너무 많고 세상을 바꾸기에는 너무 적다고 이야기들 한다. 얼핏 생각해보면 맞는 말인 것 같다.

인구의 절반인 여성은 이미 자신들의 힘을 모아 세상을 많이 바꾸었고, 남녀평등을 이루어내고 있다. 하지만 장애인들은 아직 그에 못 미친다. 미개발 영역이 많고, 가야 할 길이 멀다는 것은 그만치 내가 유용한 사람이 될 수 있다는 뜻이 아니겠는가.

10퍼센트의 힘으로 세상을 바꾸는 게 어렵다면 내가 앞장서서 바꾸도록 노력할 생각이다. 나에게는 도전 과제가 있고 싸워야 할 대상이 있고, 이 세상을 더불어 사는 곳으로 만들어야 할 의무가 있다.

어린 시절 나는 내가 왜 장애인이 되었냐며 억울했었다. 그러나 최근에 나는 그 이유를 알게 되었다. 어느 날 하느님께 기도하는데 문득 당신의 목소리가 들려온 것이나.

'정욱아, 너처럼 글 쓰고 말 잘 하고 도전적인 녀석이 하나 정도 장애인이 있어야 세상을 더불어 사는 곳을 바꾸지 않겠느냐?'

수많은 학생들이 나의 강연을 듣고 감동을 받고 변화함으로써 그들이 먼 훗날 이 사회의 주역이 되었을 때 이 세상은 자연스럽게 장애인에 대한 차별과 편견의식이 없는 곳으로 변하리라는 확신이 생겼다.

어머니는 지금도 말씀하신다.

만일 네가 장애가 없었더라면 세상을 헤집어버리는 못된 사람이 되었을지도 모른다고. 그렇게 생각하면 걷지 못하지만 세상에 도움을 주는 것이 훨씬 낫지 않느냐고.

나는 다시 태어나도 장애인이 되고 싶냐는 어린 학생의 질문에 이제는 이렇게 대답할 수 있다. 지금처럼 멋지게 살 수 있다면 다시 태어나도 장애인이 되는 게 나쁘지 않겠다고.

문제 있는 사람이 답을 안다

- 내가 처음 강단에 서던 날

'31303. 내가 강의를 해야 할 문과대학 강의실의 번호였다. 3층에 있었지만 그건 아무런 문제가 되지 않았다. 문과대학 건물 바깥에는 꽃샘추위가 몰아치고 있었지만 몸은 후끈후끈 달아올랐다.

조교실에서 오후 1시 국어작문 강의 시간이 시작되기를 기다리면서 나는 거듭 마른침을 삼켜야 했다. 따라온 아내가 물을 떠다가 나에게 권했다. 결혼한 지 몇 달 되지 않은 새색시인 아내는 내가 하는 첫 강의를 학생인 것처럼 듣고자 청바지에 티셔츠를 입고 조교실에서 함께 기다리는 중이었다.

선배 한 사람이 그런 나를 보고 웃으며 말했다.

"정욱아, 너 설레는구나? 걱정 마. 잘 할 수 있어."

그는 강의를 맡기까지 내가 얼마나 힘든 과정을 겪었는지 알기에 내 어깨를 툭툭 두드려 주었다.

1급 장애인인 내가 우여곡절 끝에 들어오게 된 곳이 국문과였다. 작가의 꿈을 키우면서 대학원을 다녔다. 석사와 박사과정을 마무리할 때까지 나는 정말 열심히 공부하는 학생이었다. 그러던 어느 날, 조교가 들어와 공지사항을 말했다.

"다음 학기에는 박사과정 수료한 사람들이 강의를 하나씩 맡았습니다. 조교실에 오시면 강의가 배정된 시간표가 있을 거예요."

그 때만 해도 국어강독이나 국어작문이 교양과목으로 있어서 대학원 박사과정쯤 다니면 강의를 어렵지 않게 맡을 수 있었다. 비록 강의 시간은 달랑 두 시간이지만, 앞으로 교단에 설 사람들에게 미리 경험을 쌓게 해준다는 의미였다. 나 역시도 강의를 맡을 수 있을까? 가슴이 설레었다. 그 때 조교가 다가와 나에게 넌지시 말했다.

"고선생님은 몸이 불편해서 교수님들이 강의 배정을 못하셨어요."

청천벽력이었다. 강의 배정을 못 받다니. 학교에 있는 교수들은 내게 한 번 의사확인도 하도 않고 기회조차 주지 않았던 것이다. 크나큰 배신감을 느껴야 했다. 장애로부터 자유로울 줄 알았던 국문학을 공부하면서도 이런 좌절을 또 겪어야 하다니. 모든 기대가 무너지는 듯했다.

이 이야기를 들은 아버지는 당장 떨쳐 일어나셨다. 차별 받는 아들을 위해 지옥이라도 가겠다는 각오로 교수들을 쫓아다니며 읍소하셨다.

"우리 아들이 강의를 할 수 있는지 없는지 한 번이라도 기회를 주시고 판단해 주십시오, 교수님."

아버지의 간절한 호소가 통해 맡게 된 강의가 국어국문학과

1학년 학생들이 듣는 국어작문이었다. 내가 국문과 출신 선배이기에 학생들이 별 거부감 없이 나를 받아들일 거라 생각한 듯했다.

드디어 수업 시간이 되어 나는 목발을 움직여 3층 강의실로 힘겹게 올라갔다. 아내는 강의실 뒷문으로 들어가 학생인 것처럼 자리를 잡고 앉았다. 나의 가슴은 쿵쾅쿵쾅 뛰기 시작했다. 설렘이 극에 달한 것이다. 학교에 들어온 지 8년만에 강단에 처음 선 감회가 정말 새로웠다.

강의실 문을 열고 들어가자 학생들은 모두 깜짝 놀랐다. 생각지도 못한 목발 짚은 장애인 교수가 들어오니 그럴 수밖에.

의자를 끌어다 교단 위에 놓고, 나는 거기에 앉아 출석을 부른 뒤 강의를 시작했다. 첫 강의를 하는 설레는 가슴은 쉽사리 진정되지 않았다. 하지만 선명한 것은 누구보다 훌륭한 강의, 누구보다 뛰어난 수업을 하고야 말겠다는 각오였다. 장애가 있지만 학생들을 가르치는 데 결코 문제가 없다는 걸 보여주고 싶었다. 그런 마음 때문일까, 그 후로 나는 학교에서 강의평가를 하면 인기 있고 학생들에게 성심을 다하는 강사로 인정을 받게 되었다. 그 때 시작한 강의를 20년 넘게 했고, 수없이 많은 제자들을 길러냈다. 제자 가운데에는 구청장을 비롯해 이 사회의 기간 인력이 된 사람도 있고, 대학교의 교수가 된 인물도 있으며, 작가가 된 이들도 있다.

누구나 태어난 이유가 있다

내가 어렸을 때 부모님은 종종 두 분이 함께 외출하실 때가 있었다. 그러면 남아 있는 동생들과 집을 지키는 것은 장남인 나의 몫이었다. 나는 동생들을 부추기며 설득한다.

"애들아, 엄마 아빠 돌아오시면 기분 좋게 집을 싹 치우고 정리하자."

나는 역할을 분담해 준다. 물건을 정리하고, 비질을 하고 걸레질을 하며 쓸고 닦다 보면 작은 집이지만 한참 부산해진다. 그리고 어머니 아버지가 주무셔야 할 안방에는 미리 이불도 깔아놓고 베개도 가지런히 놓아둔다.

밤늦은 시간이 되면, 약주를 드신 아버지와 어머니가 귀가를 하신다. 아이들이 집을 깨끗이 정돈해 놓고 안방에는 이불까지 펴놓은 것을 보면 부모님은 백발백중 기뻐하셨다. 우리 아이들은 정말 쓸모가 있는 녀석들이라고 칭찬을 하시는 거였다. '쓸모'라는 말이 뭔지 그때 처음 들었다. 쓸모 있는 사람이 된다는 것은 뭔가 자신의 일을 찾아서 한다는 의미이리라.

대학 교수직를 버리고 농부 철학자가 된 윤구병 씨는 "잡초를 잡초라고 부르지 말라"고 했다. "아직 우리가 용도를 찾아내지 못한 풀일 뿐"이라는 것이다. 인간은 자신의 입장에서 필요 없으면 잡초라고 한다.

윤구병씨가 직접 체험한 일화가 있다.

마늘을 심고 마늘밭에 잡초로 보이는 것들을 다 뽑았는데 나중에 알고 보니 그것은 별꽃나물과 광대나물이었다는 것이다. 마늘만을 기준으로 생각하기에 잡초처럼 보였지, 대상 자체를 놓고 보면 소중한 약이 되는 풀들을 뽑아버려 후회를 했다고 한다.

그 이후로 지렁이가 있는, 살아 있는 땅에서 저절로 자라나는 풀들은 잡초가 아니라는 사실을 깨닫는다.

아메리카 원주민들도 '잡초는 없다'는 같은 생각을 했다. 요즘 식물학자들은 잡초에 대한 생각을 바꾸는 것이 추세라고 한다.

잡초로 취급받는 질경이 씨앗은 숙변 제거에 효능이 있다고 한다. 엉겅퀴 잎으로 된장국을 끓여 먹고 줄기는 껍질을 벗겨 튀겨먹을 수 있다고 한다. 뱀딸기 열매는 잼을 만들어 먹을 수 있다고 하고 달맞이꽃은 생리통 치료제로 쓰인다고 한다.

그렇게 따지면 곡식을 제외한 나머지 풀들을 잡초라고 부르는 우리의 생각이 얼마나 오만한 것인가? 누군가에게는 잡초지만 누군가에게는 소중한 약이다. 이 세상에 잡초는 없다. 단지 잡초 같은 생각만 있을 뿐이다.

한 번은 외출했다 들어오면서 길에 버려진 담배와 휴지를 내가 주워 쓰레기통에 버리는 것을 보고 아들이 물었다.

"아빠, 청소부 아주머니가 하실 텐데 왜 치우세요?"

"쓸모 있는 사람이 되려고 그래."

"쓸모요?"

"응. 물론 청소부 아주머니가 와서 치우겠지만 이렇게 휴지를 줍고 쓰레기를 치우면 내가 쓸모 있는 사람이 된 거 같잖아."

아들은 고개를 갸우뚱했다.

"꼭 돈을 벌어오거나 나라를 구해야만 쓸모 있는 것이 아니야. 지나다가 돌멩이가 굴러다니면 집어서 길가로 치우고 아이가 넘어지면 일으켜주는 것, 그게 나 자신이 쓸모 있는 사람이라는 것을 확인하는 방법이란다."

"아, 네."

아들은 비로소 고개를 끄덕였다.

며칠 지나서 아들도 길가에서 누군가 버린 담뱃갑을 집어들고 왔다. 그리고는 집의 쓰레기통에 버리는 것이다.

나는 아들에게 말하지 않았다. 그러한 쓸모 있는 행위를 하다 보면 그것을 지켜보는 누군가가 꼭 있다는 것을. 그들은 공익을 생각하는 건실한 젊은이들을 눈에 불을 켜고 찾고 있다는 것을.

절대적인 좋은 성격, 나쁜 성격은 없다

몇 일만에 해외출장을 마치고 집에 와보니 아내는 저녁 식사를 열심히 준비하고 있었다. 식구수가 제법 되어서 - 그래봐야 5명 - 저녁때가 되면 상차림도 부산한 법이다. 아내가 열심히 끓이고 졸이며 다지는 음식을 마련할 때 큰 딸이 수저를 식탁 위에 나란히 놓고 있었다. 그건 전과 달라진 모습이었다.

"아유, 우리 딸이 웬일이야? 엄마 일을 드디어 도와주기 시작했네."

가까이 다가가서 쓰다듬어 주려 했지만 너무 키가 커서 내 손이 머리에 닿질 않는다. 휠체어에 앉은 채로 178Cm가 넘는 키 큰 딸의 머리를 쓰다듬는 것은 거의 불가능하기 때문이다.

큰딸은 자기관리가 철저한 야무진 녀석이다. 일부는 나를 닮은 것 같아 기특하기도 하지만 어떤 때는 너무 꽁한 게 아닌가 싶다. 남이 무슨 이야기를 하면 입을 삐쭉거리며 삐치길 잘 하고 자기 방에 들어가 문을 잠근 채 한참 동안 틀어박히기 일쑤다. 사춘기 여자아이들이 다 그런 거라고 생각하지만 성격 자체가 활발하고 개방적이지 않은 것만은 분명한 것 같다. 이러한 딸의 성격을 우리 가족은 가끔 불편해 하지만 이제는 그저 그러려니 한다. 꽁한 성격도 개성이니 어쩌란 말인가.

한번은 아내가 힘들게 다섯 식구의 밥상을 차리는데 거들떠보지도 않는 것을 보고 내가 싫은 소리를 한 마디 했다.

"엄마가 저렇게 힘들면 말로만 엄마 사랑한다고 할 게 아니라 와서 수저도 놓고, 설거지도 하고 도와줘야 사랑하는 거아냐? 행동으로 보여줘야지, 말로만 사랑한다고 백날 떠들면 뭐해?"

모처럼 작심하고 한 나의 지적을 받은 딸은 이내 자신의 전매특허대로 입을 삐죽거리며 눈물을 뚝뚝 떨군다. 약간 상처받은 것 같았지만 할 수 없었다. 아이들 셋을 키우며 살림을 하는 건 가족 구성원의 협조가 없으면 거의 불가능한 일이니까. 그 뒤 출장을 갈 때까지 딸은 나와 냉전이었는데, 돌아와서 보니 어느새 엄마를 이렇게 돕고 있었던 것이다.

아내와 내가 늘 나누는 자식들 문제에 대한 대화의 결론은 성격 꽁한 게 꼭 나쁜 것만은 아니라는 사실이다. 꽁한 만큼 자기관리가 철저하기 때문에 누군가가 말을 하면 자존심이 상하지만 그런 지적을 자신의 마음속에 깊이 담아두기도 하니까. 누군가의 지적을 깊이 새겨 자기 것으로 만드는 것은 큰 강점이다.

소심하고 내성적이면서 자존심이 강한 사람들은 남에게 지적받는 것을 굉장히 고통스러워하지만 문제가 있다고 여겨지는 것은 결코 잊지 않으면서 확실히 각인하는 경향을 보인다.

그에 비해 우리 아들은 어떤가. 녀석은 딸보다도 세 살이나 많은 오빠이면서도 어떤 때 보면 철부지 같은 행동을 하니 오히려 동생인 딸이 누나 같다는 생각이 들 때가 많다.

초등학교 때는 개학 날짜를 몰라 아침에 친구들이 전화해줘서 부랴부랴 학교를 간 적도 있었고, 준비물을 빠뜨리거나 학교에서 오다가 딴 데로 새서 행방불명되는 게 다반사였다. 당연히 아내의 골칫거리였고 나의 두통거리였다. 야단도 치고 회초리도 들어 보았지만 녀석은 그럴 때마다 눈물을 뚝뚝 흘리며 다시는 그러지 않겠노라고 뼈저리게 반성을 한다.

그러나 맺혀 있지 못한 녀석의 성격은 모든 자극과 반성, 그리고 결심이 잠시 머물 뿐이다. 다음날 똑같은 실수를 반복한다. 야단치면 잠시 눈물을 흘리다가도 금세 언제 그랬냐는 듯 잊어먹고 헤헤거리는, 좋게 말하면 성격 좋은 아들이지만 강한 지적이나 가르침이 오래 가질 않는 게 단점이었다. 금세 풀어지고 뒤끝이 없는 아들의 모습을 보면서 그 성격 또한 나의 일부를 닮은 것이란 생각이 들었다.

그 다음 낳게 된 것이 막내 딸인데 이 녀석은 외모와 성격이 오빠 쪽에 많이 가까운데다 오만 애교를 떨고 막내노릇을 다 한다. 정작 강하게 지적을 하거나 야단치는 것들은 금세 잊어버리고 풀리는 것을 보니 같은 딸이지만 언니와는 성격이 또 다르다.

그런 걸 놓고 보면 이 세상에 좋은 성격, 나쁜 성격은 없는 것 같다. 장단점이 다 있기 때문이다. 이 대목에서 어느 무명 시인의 시를 읽어보자.

바퀴와 화병 / 김율도

달릴 때 신나는 바퀴는
멈추면 우울하다
그대는 바퀴인가

머리에 꽃 꽂고
가만히 사색이 즐거운 화병을
굴리면 자기 몸 깨며 눈물 흘린다
그대는 화병인가

모두가 다 굴러갈 필요는 없는 법
모두가 다 조용히 사색할 필요는 없는 법

구르는 게 편하면 바퀴가 될 일
생각하는 것이 좋으면 화병이 될 일

 꽁하지만 한번 말하면 잘 기억해서 실천하는 큰 딸, 입력은
안 되지만 항상 웃으며 언제 그랬냐는 듯 스트레스 없이 즐겁
게 사는 아들, 애교와 귀여움으로 무장한 채 자기 혼자 즐기
며 천방지축으로 나대는 막내딸. 완벽주의자며 깔끔한 아내.
그리고 때론 꼼꼼하지만 때론 덜렁거리는 성격을 가진 나. 이
다섯 사람이 어울려 한 가족을 형성했으니 바람 잘 날이 없는

것은 당연한 이치이다.

식사를 마치자 꽁한 성격의 딸이 설거지를 한다. 그리고 덜렁이 아들이 음식물 쓰레기를 버리러 나가고, 막내딸은 엄마가 힘들었으니 자기는 노래를 부르겠다며 굵직한 목소리로 오빠가 학교시험 준비로 연습하는 걸 듣고 배운 '오 솔레미오'를 불러 젖힌다. 부조화 속의 조화, 각자 다른 성격의 어울림, 이것이 바로 홈 스위트 홈의 소프트웨어다.

지켜오던 것에서 한 발 더 나아가자

- 담장을 수리하며

대학교 3학년 아들이 방학이 끝나기 전에 나의 시골 작업실에 한번 가보고 싶다고 했다. 말이 좋아 작업실이지 사실은 가평에 있는 작은 농가주택이다.

아내와 나는 일찍이 물 좋고 공기 좋은 시골집을 장만해 거기에서 주말이면 텃밭도 가꾸고, 아이들을 전원에 풀어놓아 건강하게 키우고 싶다는 소망을 가졌다. 도시에서 나고 자란 우리 부부와 1남2녀의 자녀들은 주말만 되면 짐을 싸들고 가평으로 내달렸다. 교통도 좋지 않고, 길도 좁았던 시절에 두 시간씩 체증을 이겨내며 도착한 그곳에서 우리는 고추도 심었고, 여름이면 반딧불이 날아다니는 맑은 시냇물에서 미역도 감았다.

겨울이 되면 너무 추운 집이라 하절기에만 이용하는 셈인데 그나마도 아이들이 다 성장해서 별장 노릇을 관둔 지도 오래 되었다.

내가 운전하는 차의 뒤에서 곯아떨어져 잠잤던 아들이 이제는 성인이 되어 직접 운전하는 차가 새로 난 고속도로를 달렸다.

몇 달 만에 와본 작업실의 담장 한 쪽 구석이 무너져 있어 놀라지 않을 수 없었다. 아내와 함께 처음 그 집을 샀을 때 낡은 담을 수리하며 죽데기(나무를 켜고 남은 나무널)를 붙여서 만들어 놓았던 담장이 13, 4년만에 바람에 넘어간 거였다. 살펴보니 담장을 가로질렀던 버팀목이 비바람에 썩어서 힘을 받지 못했다.

무너진 담장을 그대로 두고 올 수는 없었기에 아들과 나는 급히 담장을 수리하기로 계획을 세웠다. 그전까지는 내가 주도해서 집을 수리하고 손봤지만 이번 공사는 전적으로 아들에게 맡겼다. 시골 사람들은 이웃집을 내다보지 않는 것 같아도 꼼꼼히 살피며 신경 쓰기 때문이다. 그들에게 집도 관리하지 않는다고 손가락질 당할 수는 없었다.

아들과 나는 의논 끝에 읍내의 목재소로 가 자재를 구했다. 굵은 각목 두 개를 사 담장 수리에 들어갔다. 이미 창고에는 쓰다 남은 폐자재가 많이 있어 무너진 담장에 미음자로 각목 틀을 만들어 고정시켰다. 그리고 가운데에 짧은 나무를 하나 더 받치자 옆으로 눕힌 날일(日)자, 튼튼한 프레임이 되었다. 그 틀에 죽데기를 덧대는 작업만 하면 되는 거였다.

입김을 뿜으며 톱으로 목재를 썰고, 망치질을 하는 아들이 힘쓰는 것을 나는 흐뭇하게 지켜보았다. 틀이 완성되자 기존의 무너진 담장에 붙어 있던 죽데기를 떼어서 옮겨 붙이는 작업만 남았다. 튼튼한 틀에 죽데기만 다시 박으면 앞으로 10년

이상 까딱없이 담장 노릇을 할 것 같았다.

그러나 난관은 어디나 있는 법이었다. 못으로 틀에 널판을 박으려 하자 오랜 세월 바깥에서 비바람을 맞은 죽데기는 수종이 뭔지 모르겠지만 못이 들어가지 않을 정도로 딱딱해져 있었다. 아마도 외국에서 수입한 미송이거나 참나무인 것 같았다.

눈발은 점점 굵어지고 꽃샘추위는 기승을 부려 팔다리가 시려 왔다. 해지기 전에 빨리 서울로 돌아가야 한다는 급한 마음에 우리는 아이디어를 내지 않을 수 없었다. 그것은 이미 전에 박혀 있던 못을 뽑아내고 그 구멍에 새 못을 대고 박아 죽데기를 붙이는 방법이었다.

이미 난 구멍을 재활용(?)하면서 못을 박아본 결과 작업은 순조롭게 진행되었다. 죽데기들을 자르고 붙이고 재활용하여 결국은 두어 시간 안에 말끔하게 담장이 보수되었다. 틈새를 촘촘하게 붙이지 못한 건 죽데기 몇 개가 재활용하기 불가능해 개수가 모자랐기 때문이다. 그건 다가오는 새봄에 날씨가 조금 더 따뜻해지면 수리, 보수를 하기로 했다.

쓰던 죽데기를 다시 사용하긴 했지만 뒤에서 담장을 받쳐주고 있는 틀은 온전한 새 것이어서 든든하기 이를 데 없었다. 도구를 정리하고 엉성하게나마 마무리된 담장을 살펴보며 아들과 나는 흐뭇해했다. 아들도 역시 자신의 어린 시절 추억이 담겨 있던 집을 어른이 되어 손보자 뿌듯한 느낌인 듯했다.

새로운 담장은 사실 온전한 새 담장은 아니다. 낡은 죽데기를 재활용했고, 있던 자리에서 그 모습 그대로 다시 태어났다.

물론 좀 더 튼튼해지기는 했지만.

　낡은 죽데기와 새로운 각목의 결합을 통해 새봄을 맞이하는 나의 시골집 담장처럼 우리의 삶도 어쩌면 백퍼센트 새 출발이라기보다는 갖고 있던 경험과 지식과 노하우에 새로운 각오와 결의를 덧대어서 출발선에 서서 달려나가는 것이 아닐까. 지금까지 해오던 것, 지켜온 것에서 한발 더 나아가는 새 출발이 진정한 새 출발이지 싶다.

원균을 다른 시선으로 보기

1. 역사라는 왜곡거리

원균은 어떠한 인간이었나?

왜 비겁자와 영웅의 사이를 오가는 극단의 인물이 되었을까. 원인은 자명하다. 원균이 당대의 영웅이었던 이순신이 두려워하고 경쟁상대로 삼았던 희대의 용장이고 라이벌이었기 때문이다.

통념을 거슬러 그가 영웅임을 증명하는 일은 쉬운 일이면서 또한 어려운 일이다. 쉽다는 것은 그의 관련 역사가 왜곡되고 말살되었지만 얼마든지 증명이 가능한 때문이고, 어렵다는 것은 수백 년 동안 그에 대한 폄하와 왜곡이 진행되어 오늘날에는 원균에 관한 역사 자료가 거의 대부분 말살되었고 그나마 남아 있는 것은 왜곡된 것들뿐이라는 사실이다.

우리가 알아야 할 것은 원균 또한 일등공신 세 사람 가운데 하나라는 사실이다. 이 사실을 인정하기 싫은 일부 이순신 옹호론자들은 온갖 추정과 가설을 동원해 이를 부인하려 하지만 역사는 증거와 사료로서 이루어지는 학문이다. 그 어떤 가설과 추론보다 우선하는 것이 바로 역사적 사실이다.

2. 원균은 도망만 다닌 겁쟁이었나?

원균은 흔히 전쟁을 무서워하고 자신만 살려고 배와 군사들을 버리고 도망간 겁쟁이로 알려져 있다. 그러나 이는 역사왜곡에 바탕을 둔 그릇된 인식이다.

원균이 경상우수사가 된 건 임진란이 발발하기 고작 두 달 전인 1592년 2월이었다. 경상우수영은 김해강 서쪽과 거제도가 여기에 해당하는데 전부터 왜구들의 침탈이 잦은 곳이기에 수군의 기준으로 본다면 이순신의 전라좌수영보다 더 중요한 지역이었다.

하지만 전쟁을 준비할 물리적 시간 자체가 턱없이 부족했기에 원균은 거의 장부상에만 남아 있는 군사와 전함을 가지고 개전이 되자 적들을 맞닥뜨려야만 했다. 그래도 원균은 특유의 용맹한 군인정신으로 왜군들과의 첫 접전에서 승리를 엮어낸다. 흔히 이순신의 승리가 해전의 첫 승리로 알고 있지만 원균이 그에 앞서 작은 승리를 견인해내는 것이다. 판옥선 세 척과 십여척의 중맹선으로 엮어낸 놀라운 전과였다.

원균이 이 싸움에서 얻은 가장 큰 교훈은 바로 일본의 배가 조선의 배보다 약하다는 사실이었다. 들이받기(撞破)만 하면 깨져 가라앉는데다가 함포의 위력에 있어서 조선군이 월등했기에 원균은 실전 경험을 통해 수적으로만 열세가 아니라면 얼마든지 싸워 이길 수 있음을 간파한다. 나라가 누란의 위기에 처해 있을 때 원균의 이 경험은 그야말로 한 모금의 생명수이고, 민족의 앞길에 서광이 열리는 것이었다. 그렇기에 원균은 수적인 열세만 극복하면 얼마든지 왜군을 상대로 이길 수 있음을 알고 이순신을 채근해 빨리 힘을 합쳐 싸우자고 여러 차례 독촉을 하게 된다.

3. 격렬한 옥포해전의 선봉은 누구?

이순신은 원균의 요청에 뒤늦게 군사를 이끌고 와 원균과 연합함대를 결성한다. 이렇게 뒤늦게 출동하는 데에는 이유가 있다. 해상의 연합 작전의 지휘권을 선배인 원균을 제치고 자기가 쥐고 싶었던 것이다. 한마디로 거기에는 이순신의 정치적 야망이 있었다. 인근 수사들이나 첨사들에게 거듭 자신이 왕으로부터 전권을 받았음을 강조하는 그와 원균은 우여곡절 끝에 진용을 짠다.

이 진용을 짬에 있어 좌우로 진을 벌이는 이순신의 판옥선은 24척이었다. 그리고 가장 앞장 서서 적을 향해 쳐들어가야 하는 선봉장이 된 것이 바로 실전 경험이 있는 원균의 경상우수영 판옥선 3척이다. 이순신 추종자들의 입장에서 본다면 패군지장에 도망자, 비겁자인 원균에게 선봉장을 맡기는 점은 결코 설명할 수 없는 부분이다.

결과적으로 연합함대는 원균의 놀라운 활약으로 거대한 해전의 승리를 최초로 거둔다. 훗날 우리가 옥포해전이라 부르는 이 전투에서 조선 수군은 일본군의 본선인 층각선 26척을 침몰시키는 대승리를 거둔다.

그런데 이순신의 첫 승리로 알려진 이 전투에는 알려지지 않은 비밀이 있다. 실제적인 이 싸움의 주인공은 바로 원균이라는 사실이다. 그 증거는 이순신 자신이 직접 쓴 장계에도 원균이 5척의 층각선을, 자신의 함대가 21척의 층각선을 침몰시켰다고 분명히 기록하고 있다. 결과적으로 원균이 3척의 판옥선을 가지고 5척의 적선을 격파할 동안 이순신은 24척으로 21척의 적선을 격파한 것이다. 효율성이나 용맹성으로 따져도 비교가 안 되는 수치이다. 원균에게 30척의 판옥선만 있었다면 아마 50척의 적선을 격파했을 것이다. 이토록 목숨 걸고 전투를 벌인 원균을 겁쟁이라 부르는 자는 과연 누구인가.

4. 두 영웅 사이의 갈등 원인 제공은 누가 먼저 했나?

5월 9일 첫 해전인 옥포해전에서 승리하고 돌아온 두 장수는 노량에서 해산식을 거행했다. 이때 원균은 이순신에게 싸움에서 이긴 보고서, 즉 장계를 왕에게 올리자고 제안한다. 장계가 올라가야 공로에 따라 장수들의 벼슬이 올라가고 상이 내리기 때문이다.

그러나 이때 이순신의 꼼수가 발동한다. 그는 아직 적군을 완전히 몰아낸 것이 아니기 때문에 나중에 소탕이 끝난 뒤 장계를 올리자고 한다. 우직한 원균은 이 말에 깜빡 속고 만다. 그가 돌아가자 이순신은 혼자 단독장계를 몰래 써서 자신이 모든 공을 세운 것처럼 꾸며 왕이 피신해 있는 행재소로 보낸다. 이것이 그 유명한 '삼가 적을 무찌른 일에 관해 아뢴다는' 군공장계다.

장계를 받아본 선조의 심정은 아마도 지옥에서 부처를 만난 것보다 더 기뻤을 것이다. 그 결과 푸짐한 포상이 이순신의 전라 좌수영으로 내려갔음은 물론이다. 훗날 이를 알게 된 원균이 반발하고 배신감에 사로잡히는 것은 지극히 당연한 결과이다. 그 후 원균 역시 단독으로 그간 있었던 전과를 소상히 적어 장계를 올려보낸다. 그러나 첫 승리의 화려한 스포트라이트는 이미 이순신이 받은 뒤였다. 이로 인해 두 사람의 관계는 갈등과 불신, 경쟁과 반목으로 급전하게 된다.

이순신은 자신의 군사들이 거둔 성과는 아주 사소한 것까지 시시콜콜 적지만, 원균 측의 공로에 대한 서술은 거의 없다. 뿐만 아니라 원균의 사소한 실수는 자세히 적는다. 혼자서 공을 세운 것처럼 쓴 단독장계를 보낸 일은 훗날 이순신이 한양으로 압송되어 죽기 직전까지 가는 큰 죄 가운데 하나인 남의 공을 가로챈 죄가 되고 만다.(선조실록 30년 3월 13일)

5. 갈등은 어떻게 전개되었나?

그 후의 해전에서 이순신은 용맹한 원균의 전투력이 두려워 의도적으로 그를 따돌리기 시작한다. 원균의 입장에서는 배의 수효가 적으니 단독 작전을 할 수도 없고, 선봉장을 시켜 주지 않으니 앞장 서 싸울 수도 없는 곤란한 지경에 처한 것이다. 게다가 이순신이 치사하게 약속을 깨고 공로를 독차지 한 사실을 나중에 알게 된 원균으로서는 부하들을 챙겨주지 못한 어리석은 지휘관이 되어 버렸다. 드라마에서 보이는 원균의 부하들이 보여주는 하극상은 그 어느 자료에서도 볼 수 없는 넌센스다. 원균은 확실히 부하 제장들을 장악하고 솔선수범하는 당대의 용장이었다.

결국 원균은 전투의 핵심에서 밀려나니 적의 목이나 베어 부하들의 상처 입은 마음을 어루만지기로 결심한다. 이러니 결과적으로 원균이 적의 목을 더 많이 차지하게 된다. 전쟁의 선봉에 세우자니 너무 용맹하고, 뒤로 빼돌리자니 수급을 챙기는 원균이 이순신의 골칫거리가 되는 것이다. 말하자면 원균의 수급을 챙기는 행동은 자신을 왕따시키는 이순신에 대한 일종의 압박카드였던 셈이다. 이때의 답답한 이순신의 심정은 원균이 수급이나 챙긴다는 식의 자기 합리화로 당포해전 장계에 기록되어 있다.

이 둘의 관계는 용장인 원균과 지장인 이순신의 스타일 차이로도 해석이 가능하다. 난중일기에 그려지는 원균의 무도함과 행패는 아마도 이러한 배신감의 발로였을 것이다. 자신을 합리화시키는 가장 주관적인 글인 일기를 통해 그의 라이벌을 판단하는 우를 그 동안 많은 사람들이 범해온 이유는 바로 여기에 있다.

6. 원균은 왜 대패했는가?

전쟁이 지리하게 수년 째 이어지자 이순신이 의도했건 의도하지 않았건, 저질렀던 실수가 죄목으로 누적되어 결국 선조는 그를 벌주라는 빗발치는 상소를 받게 된다. 사람들에게 잘 알려지지 않았지만 이순신은 몇 가지 실수를 저지르게 된다. 원균의 공을 가로챈 것은 물론이고 원균의 아들에게 공이 없다고 모함했다가 무고죄로 걸린다. 뿐만 아니라 왕실을 모독할 정도로 방자하다는 여론이 돌자 선조가 더 이상 감싸고 돌 수 없게 되었다.

결국 이순신은 수군으로서는 최고 자리인 수군통제사직에서 밀려나 한양으로 압송되니 그 후임에 원균이 앉게 된다. 군 후배의 자리에 선배가 앉은 꼴이었지만 원균으로서는 이제야 비로소 자신의 소원이던 해군 최고 사령관의 자리에서 왜군토벌의 기회를 맞이한 것이다.

그러나 라이벌이 사라져 아무 문제없을 줄 알았던 높은 자리에 올라가니 새로운 라이벌이 자신과 공을 다투게 될 줄은 원균도 몰랐다. 그 새로운 상대는 육군의 총사령관인 권율이었다. 권율도 역시 공을 세우고 싶은 군인임에는 틀림없는 사실이다.

부산포에 칩거한 적을 치러 가려면 중간 기착지인 다도해의 섬이나 육지에 잠복한 왜의 첩자들을 소탕해야만 한다. 그러려면 땅에서 육군이 그들을 소탕해주는 합동작전이 필요했다. 권율이, 경쟁자로 급부상한 원균의 청을 들어줄 리 없었다. 그러니 대원수를 겸하고 있던 권율이 수군 혼자 치러 갈 것이지 육군에게 핑계를 대느냐며 원균을 불러다 곤장을 두 번이나 때리면서 출동 명령을 내린다. 어차피 죽기를 각오한 그였기에 수군 단독의 출정을 하게 되는데 이 사실을 육지의 첩자들을 통해 낱낱이 들은 왜수군의 카운터펀치가 바로 칠천량해전이다.

게다가 또 하나의 요인이 있었으니 수군통제사가 된 원균의 바로 밑 부하들은 모두 이순신의 심복들이었다는 점이다. 자신들의 보스인 이순신을 제거하고 그 자리를 차지한 게 바로 원균이라고 생각하지 않을 수 없었을 것이다. 그런 부하들이 원수 같은 지휘관의 명령을 제대로 들을 리 없다. 한 마디로 원균은 수군지휘부에서 부하들에게 왕따를 당했다. 그 증거는 난중일기에 자세히 나오고 있다. 그 결과 원균은 육지에 상륙해서까지 싸우다 장렬히 전사한다.

7. 원균에 대한 평가

원균이 죽고 이순신이 복귀해 마지막 승리를 낚은 뒤 길었던 7년 전쟁은 끝이 났다. 이순신 역시 석연치 않은 죽음을 통해 역사의 무대에서 사라졌다. 조정에서는 그들에게 공훈과 시호를 내리니 충무공은 이순신, 충정공은 원균이다.

그런데 왜 그토록 후안무치한 간신으로 원균은 우리들의 뇌리에 인식되었을까?

전쟁이 끝난 뒤 사람들이 원균의 패전만을 들추어 그를 비난하자 선조는 그를 지용인(智勇人)으로 평가했다. 그러면서 원래 영웅은 성패만을 가지고 논하는 법이 아니라며 충신 원균을 확인시켜주었다.

그 후 이순신의 한 집안 후손인 이식(李植)은 광해군을 몰아내고 정권을 잡은 뒤 정적들이 이미 쓴 선조실록을 선별적으로 개찬(改纂)하여 <수정실록>을 만들었다.

그는 광해군을 몰아낸 신흥 사대부 층의 핵심인물이었고 무엇보다도 덕수 이씨 이순신과 한 집안 사람이었다.

그가 저지른 가장 큰 만행은 바로 기존의 선조실록을 새롭게 뜯어 고친 사실이다. 그것이 바로 선조수정실록 <宣祖修正實錄>이다.

임진왜란이 끝난 뒤 광해군을 몰아내고 정권을 잡은 조선의 신 집권층은 자신들의 정적들이 쓴 '선조실록'을 선별적으로 다시 편찬하여 '수정실록'을 만드는데 이때 원균은 철저하게 후대의 붓끝에 의해 다시 죽음을 당(筆殊)한다. 이순신을 자신들의 편으로 끌어들이고 정적들이 높이 인정한 원균을 깎아내리게 된 원인에는 이처럼 후대의 정치적 음모가 그 바탕에 깔려 있는 것이다. 그러한 과정을 거쳐 만든 것이기에 선조수정실록은 앞뒤가 안 맞는 부분도 많고, 과장된 부분도 지나치게 많다.

결정타는 춘원 이광수(李光洙)에 의해 저질러진다. 그는 신문 연재소설인 <이순신>을 통해 민족의식 고취라는 허울 아래 우리 민족의 하등함과 비열함을 드러냈다. 선조를 비롯한 무능한 벼슬아치들을 포함한 비루한 조선인들의 당파싸움으로 고결한 영웅 이순신을 죽게 만들었다는 식민사관에 입각해 작품을 썼고, 그 결과 원균은 이순신을 괴롭힌 고독한 악역으로 전락한다.

왜곡의 완성은 군인출신 박정희(朴正熙) 전 대통령에 의해 이루어진다. 이광수의 <이순신>에 감동받은 그는 멸사봉공의 성웅으로 이순신을 둔갑시킨다.

시인 노산 이은상을 통해 이순신의 작품집 번역 발간케 하고, 현충사의 성역화, '난중일기' 국보 지정, 탄신일 기념, 국가 제사, 동상건립, 영화 제작 및 단체 관람 등을 통해 국민 의식을 개조하려 했다.

이 와중에 원균은 더 이상 내려갈 수 없는 만고의 비겁자로 굳어지고 만 것이다.

얼음장 밑에서도 물고기는 헤엄을 치고

대학 강의실에는 나이 든 학생이 많다. 지난 학기 강의실에도 늙수그레한 남학생이 하나 앉아 있었다. 몇 살이나 먹었냐는 나의 질문에 머뭇거리던 학생은 마지못해 대답했다. 서른이라고.

자초지종을 물어보았더니 지방대학을 졸업한 뒤 서울에 있는 명문대학을 나와야 되겠다고 부모님을 졸라 학사편입을 했다는 거다. 물론 거기에는 군대를 다녀온 기간도 2년 포함돼 있었고, 재수에 휴학까지 하다보니 대학 4학년이 되었는데 어느새 서른 살인 것이다. 그러면 취직은 어떻게 하려고 그러느냐는 나의 물음에 그 학생은 대답을 하지 못했다. 이미 나이를 많이 먹은데다 취직할 의욕이나 욕심은 그 눈빛에 별로 들어 있지 않았다. 그렇다고 다음 학기에 졸업을 하는 것도 아니었다. 한두 과목 학점취소를 해서 학적을 유지할까 생각중이라는 말을 들은 나는 걱정이 될 수밖에 없었다. 게다가 수년 째 사귀는 애인은 건실하게 직장을 다니며 자신과의 결혼만을 기다리고 있다는 게 아닌가.

55

부모님과 애인을 포함한 모든 주위 사람들이 걱정을 하니 궁여지책으로 대학원 진학을 생각중이라는 그 학생의 말을 듣자 나는 다산 정약용이 했던 경고가 문득 떠올랐다.

조선 후기 우리나라의 대표적인 실학자였던 다산은 공부를 핑계대고 생활을 거들떠보지 않는 인간들을 극히 혐오했다. 가족을 추위와 굶주림에 떨게 하면서 학문을 논하고 나라가 잘 되느니 못 되느니를 떠드는 썩은 선비들을 다산은 천하고 가증스럽게 여겼다.

요즘 젊은이들 상당수는 취직이 어렵다는 핑계로 사회에 나가 모진 비바람 맞는 것을 두려워한다. 하지만 배는 항구에 묶어두도록 만든 것이 아니고, 야생마는 외양간에 가두도록 태어난 존재가 아니다. 거친 바다를 향해 헤쳐 나가야 목적지에 닿을 수 있는 것이 배이고, 험한 벌판을 달려 풀 많고 맑은 물이 흐르는 곳으로 가는 것이 야생마다.

미래에 대한 두려움 많은 것은 젊은이의 특성이다. 나이도 많지 않고 세상 경험도 적으니 이제 사회생활을 시작하면서 당연히 미래에 대한 두려움이 없을 수 없다.

이럴 때 어느 시인의 말을 해주고 싶다.

-얼음장 밑에서도 고기는 헤엄을 치고 눈보라 속에서도 매화는 꽃망울을 튼다.

이유있는 반항이 아름답다

- 소보다 더 다루기 힘든 것은 송아지

오랜만에 여유가 생겨 텔레비전의 다큐멘터리를 보았다. 요즘 소 값이 떨어진다고 소에 대한 프로그램을 하고 있었다. 우시장에 나가 소를 팔려고 내놓은 사람들과 그 소를 사려는 사람들의 맥빠진 거래를 보여주었다. 정말 소 키우는 농민의 심려가 느껴졌다.

그런데 거래를 마친 소와 송아지들이 새 주인을 만나 차에 실리는 장면이 나의 눈길을 끌었다. 다 자란 소들은 사람들이 이끄는 대로 순순히 트럭에 올랐다. 어디로 갈지 알 수는 없지만 자기의 운명에 순응하는 것 같았다.

그런데 송아지들은 달랐다. 절대 사람들이 이끄는 쪽으로 가질 않는 거였다. 마구 날뛰더니 그만 담장 넘어 엉뚱한 곳에 나가떨어지는 걸 제어하면서 경험 많은 소장수들도 진땀을 흘렸다.

그걸 보면서 나는 느꼈다.

사람이건 짐승이건 어릴 때는 물불을 안 가린다는 사실을 말이다. 두려운 것도 없고, 혈기는 무척 왕성하다.

한 마디로 어디로 튈지 모르는 게 청소년들이다. 성숙하지 못 해서라고도 하고, 그런 좌충우돌을 통해 배우는 거라고도 한다.

강 아무개군은 서울 소재의 기독교 재단의 학교 학생이었다. 대개 미션 스쿨은 채플이라고 해서 학생들 전체가 참여하는 예배가 있다. 기독교 신자가 아니었던 강군은 종교의 자유가 있는 학교에서 비신자인 학생들을 포함해 모든 학생들에게 강제로 예배를 드리게 하는 건 부당하다고 생각했다. 그리하여 2004년 반대시위를 했고, 이를 이유로 학교에서 제적당했다.

그러나 강군은 이에 굴하지 않았다. 그는 학교를 상대로 퇴학 처분 무효 소송과 가처분 신청을 내고 국가인권위원회에 진정서까지 제출했다. 강군은 여기에 그치지 않고 8월 11일부터 9월 25일까지 단식으로 투쟁했다. 결국 학원은 예배선택권을 보장하기로 했다. 이후 그는 서울대학교 법과대학의 2005학년도 수시모집에 합격했으며 그 해 1월 퇴학 무효 소송에 승소함에 따라 합격이 최종 결정되었다.

여기에서 그의 활동이 그치지 않았다. 2005년 10월, 그는 모교와 서울시 교육감을 상대로 손해배상 소송을 냈다. 그 이유는 종교 활동을 강요했다는 것이었다. 2007년 10월 서울중앙지법은 강군의 주장이 일리 있다고 여겨 학교가 종교의 자유를 침해했다고 인정하는 일부승소 판결을 내렸다. 그렇지만 서울시교육청에 대해서는 고의나 과실이 없다고 기각했다. 항소심에서 고등법원은 학교 측의 손해배상 책임도 인정하지 않았다. 끝까지 포기하지 않은 강군은 대법원에 상고했다. 결국 2010년 4월 22일, 대법원은 미션스쿨에서도 종교의 자유가 인정되어야 한다는 취지로 원심을 파기환송하고 강군의 손을 들어주었다.

교육은 말도 많고 탈도 많은 어려운 분야이기도 하다. 입시제도는 수없이 바뀌고 뭐가 뭔지 모르게 복잡하다. 무조건 대학 가는 게 능사가 아니라며 요즘은 고졸 출신을 기업에서 많이 찾는다고 한다. 이랬다저랬다, 한 마디로 정신이 다 없다. 하지만 강군같은 친구도 분명히 이 사회의 한 쪽에서 빛을 발하고 있어야 한다. 한쪽으로만 모는 획일화가 가장 큰 문제이다. 청소년들은 나중에 다양한 분야에서 능력을 발휘할 수 있어야 한다.

다큐멘터리 프로그램의 말미에서 노련한 소장수가 말했다.

"소보다 더 다루기 힘든 것이 송아지여!"

인생은 웃음 이상의 것

내가 초등학교를 다닐 때의 일이었다. 당시 월남전에 참전하고 있던 나의 아버지가 보낸 작은 선물이 도착해서 온 동네에 화제가 되었다.

동네 사람들마다 그 물건을 구경하겠다며 우리 집에 몰려와 왁자지껄하게 배를 잡고 웃다가 돌아가곤 했다. 어느 누구도 그 물건을 작동시키면 웃지 않을 수 없었으니 그것은 웃음보따리라는 것이다. 작은 건전지를 넣으면 그 안에 들어있는 미니 축음기 판이 돌아가고 그 판에 녹음된 웃음 소리가 간이 확성기를 통해 들리는 원리였다. 약 1분간 이 기계는 아하하하하우헤헤헤…… 하면서 너털웃음 소리를 쏟아냈다. 그러면 웃음이 웃음을 부른다고 너도나도 따라 웃기 시작했다. 맨 처음에는 어이가 없어서 웃다가 나중에는 정말 웃겨서 웃는 것이다.

한번은 이 기계를 학교에 가지고 갔다가 담임 선생님에게 들켰다. 야단을 치시려던 선생님은 그 기계가 신기하자 이내 들고 방송실로 가셨다. 그날 점심시간에 교내에는 그 웃음

소리가 각 교실에 있는 스피커를 통해 퍼져 나왔다. 그 순간 전교생은 책상을 두들기고 교실 바닥을 뒹굴며 웃었다.

이처럼 웃음이란 그 자체가 즐거운 것이다. 옛말의 웃으면 복이 온다거나 웃음은 만병통치약이라는 말이 바로 그것을 증명한다. 누군가를 즐겁게 하려면 웃겨야 한다.

오죽하면 탤런트이면서 개그맨 같다고 탤개맨이라는 말이 생겼을 것인가.

이제 웃길 수 있다는 것은 커다란 재능이고 그 재능은 곧 산업사회 자본의 논리에 영합하는 단계가 되었다. 웃기는 재능을 가진 사람들은 그 인기의 여세를 업어 수많은 광고의 모델이 되었다.

그러나 화면에서 눈을 돌린 현실은 어떤가.

경기는 점점 쇠퇴하고 있으며 우리나라의 국제수지는 악화되고 있다. 뿐만 아니라 빈부의 격차는 점점 더 심화되고 있다. 학교에서 학생들은 입시 지옥에서 시달리고 과소비에 사치 풍조까지 여전히 개선되고 있지 않다. 이런 상황은 절대 웃음을 자아내는 것이 아니다. 울어도 시원치 않다.

원래 사람이 웃을 수 있으려면 자신의 마음이 평정한 상태를 유지해야 한다. 웃을 여유가 없다는 말은 바로 이를 뜻한다. 웃음을 웃으려면 그만치 평정한 마음 상태로 타인과 자신 사이에 일정한 거리를 두고 볼 수 있어야 한다. 텔레비전의 코미디 프로야말로 그런 조건을 가장 잘 만족시켜주는 것이다. 여유롭게 쉬면서 시청하는 텔레비전은 아무리 심각한 상황이 그 안에서 벌어져도 현실로 느껴지지 않기 때문이다.

인생은 웃음 이상의 것이다.

모든 사람이 즐겁고 웃음만이 가득한 삶을 살고 싶겠지만 그렇지 않다는 게 인생의 버거움이다.

우리가 밝게 웃지 못함은 무엇인가.

삶은 풍요로워졌을지 모르나 우리의 영혼은 더더욱 피폐하고 있기 때문이다. 마음의 문을 꼭꼭 걸어 잠그니 이웃에 누가 죽어 나가도 알지 못할 지경이다. 돈을 주면 불가능한 일이 거의 없다. 천민자본주의가 기승을 부려 개인간의 이기주의만 팽배하고 있다. 그나마 자선사업을 하던 사람들의 비리가 폭로되어 사랑이 필요한 사람들은 추위와 배고픔에서 떨고 있다.

진정으로 사랑이 실현되고 앞날이 더 이상 걱정스럽지 않고 밝을 때는, 웃기는 일을 억지로 만들지 않더라도 우리의 삶은 늘 웃음이 가득하고 굴러가는 소똥만 보아도 웃는 천진한 어린이의 마음이 될 수 있으리라.

내면을 보는 방법은?

철없는 선배가 하나 있었다. 이 사람은 멀쩡히 잘 다니던 직장을 관두고 사업을 한다며 사무실을 얻고 준비를 하더니 나에게 전화 받고 사무실 관리할 여직원 하나만 소개해 달라고 부탁했다. 나는 아무 생각 없이 내가 가르쳤던 학생 가운데 야무지고 똑똑한 여학생을 하나 소개했다.

그런데 며칠 뒤 그 여학생이 날 찾아왔다. 자신이 그 회사 면접에서 떨어졌다는 것이다. 기껏 사람 소개해 달라고는 면접에서 떨어뜨리는 그의 소행이 괘씸해 전화를 걸어 보았다. 그랬더니 그 선배의 이야기는 정말 가관이었다.

"고선생. 그래도 여직원은 사무실의 꽃인데 그 여학생은 너무 키도 작고 얼굴도 영 아니어서 좀 곤란해. 거 좀 늘씬하고 예쁜 애 없나?"

나는 더 이상 할 말을 잃었다. 결국 인터넷이나 구인광고로 사람 뽑으라고 쏘아붙이고는 전화를 끊고 말았다. 아무리 세상이 사람의 외모 위주로 간다지만 그 선배까지 그런 생각을 하고 있을 줄은 전혀 몰랐던 것이다.

그런데 재미있는 일이 벌어진 건 정작 그 다음의 일이었다. 그 선배는 결국 여기저기 수소문해 그야말로 그가 원하던 스타일의 여직원을 채용했던 것이다. 나중에 내가 그 사무실에 일이 있어 가보니 정말 키도 크고 미모도 뛰어난 여직원이 자리를 지키고 있었다. 그런데 이 여직원이 문제였다. 한참 데리고 있어보니 게으르기 짝이 없고 출퇴근 시간이 제멋대로라는 거다. 결국 참다 못한 선배가 그 여직원을 해고하자 이 여직원은 회사의 비리를 세무서에 고발하겠다는 둥, 부당해고라는 둥 하며 골치 깨나 썩게 만들었던 모양이다. 그 선배가 나중에 나를 만나서 하는 말이 자기가 어리석어 고생을 사서 했다는 거였다.

물론 예쁜 여자라고 해서 다 이럴 리는 없다. 그러나 이 일화에서 내가 주목하는 것은 우리 사회의 병적인 외모 중시 경향이다.

인간의 역사를 돌이켜 보면 어느 사회에서나 자신들의 외모에 대한 관심은 늘 있었다. 각종 장신구나 화장품의 역사는 곧 인류의 역사와 그 궤적을 같이하고 있으니 말이다. 그렇지만 그 정도가 거의 극에 달한 것 같다. 자신의 몸매나 얼굴 등에 모든 것을 걸 듯이 집착하는 경우들도 보게 된다. 쌍꺼풀 수술 정도는 아무 것도 아니고 몸매 전체를 뜯어고치는 데 견적이 얼마 나온다는 식으로 완전히 자신의 육체를 무슨 개·보수의 대상물이라도 되는 양 스스럼없이 이야기들을 하는 것이다.

물론, 이왕이면 깔끔한 인상을 주고 아름답게 꾸미는 것은 인간이면 누구나 지닌 미학적 본능이고 탓할 바가 아니다. 하지만 인간사의 모든 문제는 항상 정도를 넘어설 때 발생하는 것이다. 몇 천 만원을 들여 온 몸을 성형수술 했다던가, 호화로운 옷과 화장품 등으로 과소비를 조장하는 것은 주위에서 어렵지 않게 발견할 수 있다.

이런 현상의 원인은 어디에 있을까?

오래 전부터 내려온 체면 문화의 영향이 가장 크다. 속보다는 겉을 보고 판단하는 조선시대 양반들의 체면 문화가 면면히 내려왔기 때문이다.

실질보다는 보여주는 문화 때문에 전시행정이 문제가 되고 효율보다는 형식을 중요시하는 구태가 아직도 만연하다. 생활 속에서 흔히 보는 예로 월세에 살면서 최고급 자동차를 끌고 다니는 사람들이 생기고 라면을 먹으면서 그 값보다 5배가 넘는 커피를 마시는 것이다.

사람을 평가하는 기준은 여러 가지이지만 가장 중요한 것은 그 사람의 인간 됨됨이와 내면의 세계다.

예술적 소양이나 취미 생활을 통해 다듬어진 안목은 드러낼 기회도 없다. 풍부한 정서함양이나 인격 도야의 장도 마련되어 있지 않다. 있다면 남 앞에서 드러낼 수 있는 미모, 좋은 옷, 외제차, 호화 주택이 있을 뿐이다. 그러다 보니 드러나 보이는 것이 그 대상의 전부인 양 오인할 수밖에 없다.

그러다 보니 문제가 발생하면 제대로 대처할 능력이 없게 된다. 무엇이 옳고 그른지 판단할 기준이 없다. 심사숙고할 길도 없다. 그저 매사를 돈으로 해결하거나 비리, 뇌물로 때

우려고만 드는 것이다.

외면의 집착에서 벗어나 내면의 모습을 엿볼 수 있는 기회를 많이 만들기 위해 부지런히 책을 읽고, 문화를 즐기고, 사회봉사에 참여하며, 다양한 경험을 쌓고, 주위 사람들과 풍부한 대화를 나누고, 열린 마음으로 세상을 바로 보아야 한다.

그리고 무엇보다도 남을 사랑하는 마음을 가져야 이 세상의 외모만 보고 사람을 판단하는 폐악을 벗어날 수 있을 것이다.

어려움이 많으면 할 일도 많다

- 탈북 청소년들을 만나서

"아이들 눈에서 레이저광선이 나와도 잘 이겨내십시오."

강의실로 나를 안내하는 직원이 미리 겁을 주었다. 그 말을 들은 나는 조금 어이가 없었다. 아무리 이번 강연의 주인공들이 평범한 청소년이 아니라지만 감히 나를 이길 정도의 레이저광선을 쏘아댈 수 있을까 생각했기 때문이다.

그 아이들은 바로 탈북 청소년들이었다. 과연 아이들의 눈빛은 예사롭지 않았다. 부모가 아쉬운 것 없이 지원하고 공부만 하라고 하는데도 꿈이 없어 게임이나 하고, 방황하는 우리 남한의 아이들과 비교하면 어쨌든 생사의 갈림길을 넘어온 아이들이기 때문이다.

예상과 다르게 아이들은 옷도 잘 입었다. 얼굴도 화사하니 고왔다. 눈빛은 날카로웠지만 따분한 교육을 받는다는 듯한 느낌이었다. 나는 그런 분위기를 용납하지 않았다.

"왜 필기 안하죠? 왜 빈손으로 멍하니 앉아 있어요? 지금 강의를 들으면 자세가 나와야지."

대뜸 내가 꾸지람부터 하니 아이들 눈빛이 달라졌다. 서둘러 필기구와 노트를 준비하고 내 강연을 듣기 시작했다. 장난이 아니구나 하는 표정이었다.

나는 특별히 어려움을 겪는 사람은 특별히 할 일이 많은 사람이라는 생각을 한다. 북한을 탈출해 우리나라에 온 학생들은 그만치 소중하게 쓰여야 하는 사명을 갖고 있다. 나라에서 교육비도 지원해주니 대학도 쉽게 들어갈 수 있다. 물론 장학금도 나온다. 공부를 하겠다고만 작정하면 얼마든지 할 수 있는 것이다.

나중에 통일이 되면 그 아이들이 다 고향에 돌아가서 큰 일꾼이 되어야 한다. 각자의 분야에서 남한에서 배우고 익힌 것을 써먹어야 한다. 고향에서 그동안 고생한 사람들을 앞장서서 도와야 한다. 그러라고 이렇게 지원을 하고 공부를 하게 돕는 것이다.

이런 내용으로 강연이 이어지자 아이들의 태도가 달라지고 눈빛이 변했다. 자신들에게 그런 큰 사명이 있는 줄 몰랐다는 듯한 표정이었다. 그리고 정말 그런 인재가 되어야겠다는 결심을 하는 것 같았다. 나를 보니 더더욱 그랬을 것이다.

탈북 청소년들은 우리의 통일에 기여하라는 사명이 있을 것이다. 이 땅의 다른 청소년들도 각자의 소명이 있다. 자신의 아픔을 통해 그걸 발견하고 역할을 해야 한다. 아직도 꿈을 찾지 못한 청소년들이 있다면 자신을 먼저 돌아보기 바란

다. 강연이 끝나자 수많은 학생들이 달려들어 사진을 찍고
문자를 보내면서 자신을 기억해달라고 했다.

1년에 한 번은 봄이 온다

강연을 갔을 때 적극적으로 질문도 하고, 춤출 사람 뽑을 때 자원해서 무대에 올라온 청년이 있었다. 그는 내 강연이 끝나자 다가와 명함을 받았다. 나중에 꼭 찾아뵙고 싶다는 거였다.

그 뒤 우연한 기회에 그 청년이 우리 동네에 산다는 걸 알게 되었다. 만나서 이야기를 들어보니 자신이 다단계 판매조직에 잘못 들어가 신용불량자가 된 거마대학생이었다고 한다. 거마대학생이란 거여동, 마천동에서 합숙하며 다단계 사업을 하는 대학생들을 말한다.

그의 아버지는 목욕탕 이발사였고, 어머니는 식당에서 일했지만 부유하지 못했다. 어머니가 병원에 입원하면서 더욱 힘들어졌다.

그는 근로장학생을 신청하는 등 나름대로 노력했지만 돌파구가 되지는 못하는 상황에서 친한 형에게 이끌려 간 곳은 다단계 판매회사였다.

의심은 들었지만 고소득을 올릴 수 있다는 세뇌교육을 받았고 그만 푹 빠지고 말았다.

부모에게는 거짓말까지 하며 다단계 사업을 열심히 했지만 10개월 동안 딱 한 명을 끌어들였을 뿐이었다.

빚이 1천2백50만원으로 불어나서 합숙소를 나와 집에서 출퇴근 하다 보니 자신이 처한 상황에 대해 객관적으로 생각할 수 있게 되었다.

그는 다단계를 빠져나와 일용직 노동일을 시작했다. 틈틈이 시간을 내어 레크리에이션 강사로 돌잔치 사회를 보면서 돈을 벌었다.

자신의 과거를 부끄럽게 여기는 그 학생에게 나는 다음과 같은 예화를 들려주었다.

극도로 추운 북극의 나방 유충은 14년간 얼었다 녹았다를 반복하며 세월을 보낸다. 북극의 여름은 극히 짧기 때문에 깨어 움직일 동안 미친 듯이 먹이를 먹어 영양분을 조금 축적한다. 열대지방의 유충이었다면 순식간에 몸집을 불리고 영양분을 쌓아 나방이 되었을 것이다. 하지만 북극은 그렇지 못했다. 추운 겨울이 오면 나방 유충은 다시 얼어붙는다. 그리고 봄이 오면 또 깨어난다. 이렇게 14번을 한 뒤 비로소 한 마리의 나방이 되어 날아오르고, 짝짓기를 해서 새로운 알들을 낳아 놓고 죽는다. 참고 기다린 나방에게 결국 화려한 한 번의 봄은 왔던 것이다.

언젠가 한번 나에게도 봄날이 온다는 믿음으로 그 날을 위해 참고 견뎌야 한다. 실제 봄은 1년에 한 번씩은 꼭 오니 더

욱 희망적이다

나에게 찾아왔던 청년에게 그 아픔을 세상에 널리 알리라고
했다. 그리하여 다른 청년들이 다단계의 피해에 빠지지 않도
록 이끌라고 했다. 그런 일을 하기 위해 그 청년이 아픔을 대
신 먼저 겪은 것이라고 말해주었다. 그 결과 그 청년은 인생
을 새로운 각도에서 바라보았다. 그리고 자신의 삶의 의미를
발견했다.

지금 그 청년은 젊은 강사로서 수많은 사람들에게 자신의
삶을 이야기하며 멋지게 도약하고 있다.

그는 불법 다단계에 휩쓸리는 것을 막기 위해 예방 강사로,
책을 펴내는 방법으로 활발히 활동하고 있다.

그는 이제 과거를 부정하기보다는 나만의 경험으로 바꾸고
싶다고 한다. 어려움을 통해 절실함을 느끼고 벗어나기 위해
발버둥을 친 것 자체가 경험이고 교훈이라고 한다.

2부

무엇이 되는 꿈보다

어떻게 꿈꾸는가가 더 중요하다

공백이 생기지 않게 여백을 만들자

전업 작가의 삶은 참으로 분주하다. 가난한 백면 서생의 삶에 있어 유일한 수입은 글쓰는 일뿐이니 분주할 수밖에…….

아침 일찍 집을 나선 나는 집필실로 발걸음을 옮긴다. 혼자 쓰는 방 문을 열고 들어서면 그때부터 전쟁은 시작이다. 여기 저기서 청탁받은 원고를 쓰고 다듬고 고친다. 또 읽어야 할 자료들도 부지런히 들춰본다. 그러다가 시간이 되면 학생들을 가르치러 대학으로 향한다. 강의가 끝나면 서점으로, 출판사로, 방송국으로 부르는 곳은 없어도 갈 곳은 많다고 힘닿는 데까지 뛰어 다닌다. 중간에 시간이 비면 차 안에서 학생들 리포트도 채점하고, 쓴 글도 다시 한 번 퇴고하고, 여기저기 전화하고…

그런 나에게 하루는 문단의 선배인 시인이 놀러 왔다. 천상 시인인 그는 그렇게 바람 따라 구름 따라 정처없이 돌아다니는 사람이다. 그날도 철지난 샌들을 신고 휘적휘적 나타난 것이다.

마침 원고 마감에 임박했던 나는 그 선배에게 커피 한 잔

끊여 주고는 내 컴퓨터 화면만 응시하며 건성으로 대화를 나누었다. 물론 급한 원고 때문에 신경을 못 쓴다고 양해는 구해 놓은 상태였다.

선배는 커피를 마시고 내 서가의 책들을 훑어보다가는 조용히 자리에서 일어섰다. 그리고는 나가면서 말하는 것이었다.

"고작가처럼 열심히 일하는 사람은 나 처음 봤어. 훌륭하긴 한데, 삶을 너무 꽉 채우지 마시오. 여백이 좀 있어야지."

그 순간 나는 뒤통수를 맞는 느낌이었다. 내 삶의 단면을 그 선배는 한 시간도 안 되는 짧은 시간에 간파한 것이다.

"죄송합니다. 선배님 잠깐 이리 좀 앉으세요."

나는 부랴부랴 컴퓨터를 꺼버리고 그와 마주 앉았다.

"그렇게 일로 꽉 채우면 터져."

선배는 사람 좋게 웃으며 말했다.

"맞다. 선배님처럼 여유 있게 살아야 하는데 잘 안 되네요."

"허허, 나는 여백이 아니라 공백이지. 공백과 여백은 분명히 다른 거야."

선배는 그야말로 삶의 긴장이나 시간관념과는 거리가 멀게 사는 사람이었다. 그런 그와 나는 삶의 여유와 느림, 속도 뭐 그런 걸로 오랜만에 고담준론(高談峻論)을 나누었다.

그날 이후 나는 의식적으로라도 내 삶의 바쁜 일정에 여백을 두기로 했다. 강의시간이 끝난 뒤 다른 곳에 갈 때까지의 빈 시간, 그것은 꼭 살려야 할 자투리 시간이었다.

그러나 이제 나는 그 시간은 여백으로 비운다. 음악을 듣고, 대학 캠퍼스의 한적한 곳에 차를 세우고 하늘을 보며, 가을 바람을 쐬고, 멍하니 넋을 놓고 바보처럼 히죽히죽 웃기도 하고……. 내 삶에 여백을 만드니 숨통이 트인다.

그러나 여백과 공백은 다르다.

공백은 할 일이 없어 허무하고 무의미한 시간들이다.

여백은 바쁜 와중에 잠간씩 휴식의 중요함을 알고 채움을 위한 잠시의 비움이다.

공백을 만들지 않기 위해서 여백을 만들어야 한다.

단 한 번 웃을 수 있으면 몇 번이든 울어도 좋아

- 대입 시험을 망쳤다는 그대에게

수능이 끝나고 입시지옥이 있는 나라에서 태어난 죄로 꽃다운 청춘의 열정을 억누르고, 분홍빛 감성을 유보했던 그대. 시험 결과가 만족스럽지 않아 실망하고 풀이 죽어 있지 않은지. 그러면 어떠랴? 최선을 다했으면 그걸로 된 거라 생각한다. 설령 결과가 기대에 못 미쳐 다시 출발선에 선다 한들, 길고 긴 인생에서 그게 뭐 대수랴? 아주 가볍게 앓고 넘어가는 감기 정도이리라.

미국의 기타리스트 팻 마티노는 어려서부터 기타를 배웠다. 특히 재즈음악에 깊은 관심을 가졌는데, 천재적인 재능에 좋은 선생님을 만나서 이미 스무 살 때 세계적으로 뛰어난 기타 연주가라고 인정을 받았다. 26세에 낸 음반이 히트를 치면서 아주 유명해졌다.

그러던 어느 날 그는 연주를 하다가 쓰러지고 말았다. 머리가 터지는 것 같은 아픔 때문이었다. 병원에서 깨어났을 때는 주변에 낯익은 사람들이 모여 있었다. 그새 뇌막염으로 수술을 받아 식물인간이나 마찬가지였다.

오랜 투병 끝에 병세가 회복되어 가자 그의 친구들은 무료한 그에게 기타를 가져다주었다. 그런데 놀랍게도 그는 기타를 난생 처음 보는 물건처럼 대했다. 아무리 생각해도 기타 연주는커녕 그 모양새도 낯선 물건이었던 거다. 알고 보니 뇌수술을 하면서 기타를 연주할 수 있는 기능과 기억이 모두 손상되어 버린 거였다. 자신이 연주한 곡을 듣고도 전혀 감흥을 일으키지 못했다. 평생을 노력해 세계 최고가 되었던 그였는데 그냥 백지상태가 되었다. 인생이라는 시나리오 가운데서도 가장 끔찍한 시나리오를 집어든 거다.

팻 마티노는 깡그리 잊었던 도레미부터 다시 배우기 시작했다. 그런데 나중에는 이전보다 더 훌륭한 기타리스트가 되었다. 평생에 기타를 두 번 배워 두 번 다 정상에 오른 사람이 바로 그다.

이런 사람도 있으니 시험 한 번 잘 치고 못 치고에 너무 일희일비(一喜一悲)할 필요는 없다. 인생을 먼저 살아온 선배로서 수능시험은 인생의 끝이 아니라 시작에 불과하다고 말해주고 싶다. 앞으로 그대는 수없이 많은 시험을 치르게 될 게다. 수능시험보다 더 크고 더 중요한 시험이 이 세상엔 얼마든지 있다. 그 많은 시험에서 합격의 영광을 맛보기도 하고 때로는 좌절의 쓴맛도 보겠지.

오죽하면 학생 시절 잘나가던 미식축구 선수였던 로널드 레이건 전 미국 대통령도 자기의 선수 시절은 거의 대부분 패배의 기억만 있다고 했을까. 그래도 그는 거듭되는 대선 도전의 실패를 딛고 일어서 미국의 위대한 대통령이 되었다.

인생에서 1~2년 늦게 가는 것은 아무 것도 아니다. 인생은 단거리 경주가 아닌 마라톤과 같아서 일찍 출발했다고 일찍 들어오지 않는다.

가장 중요한 건 목표를 잃지 않고 나만의 인생길을 개척해 나가는 것. 그대에겐 이 세상을 다 주고도 바꿀 수 없는 새파란 젊음이 있잖은가.

마지막으로 어디선가 들었던 명대사 한 마디로 끝내려 한다.

단 한 번 웃을 수 있으면 몇 번이든 울어도 좋아.

취미와 직업 사이에서 선택법

- 좋아하는 일을 할 것인가, 잘하는 일을 할 것인가

취미를 직업으로 할 것인가, 직업 따로 취미 따로 할 것인가.

이 문제는 아직 사회에 나오지 않은 청소년들이 가장 고민할 만한 문제이다.

어떤 사람은 좋아하는 일을 하라고 하고 어떤 사람은 잘하는 일을 하라고 한다.

가끔 나에게 사람들은 어떻게 엄청나게 많은 책을 쓰며 또 강연도 많이 다니느냐고 묻는다.

비결은 여러 가지가 있을 것이다. 일차적으로는 내가 자투리 시간을 최대한 아끼고 소중히 여기면서 헛되이 보내지 않는 습관 때문이다.

시간은 금이라는 말이 있지만 사실 나는 주어진 시간들이 얼마나 소중한지를 잘 알고 있다. 그 소중한 시간들을 쪼개어서 일분 일초도 허비하지 않으면 그것은 놀라운 성과를 만들어낸다. 나의 경우 그렇기에 쪼개지는 시간에 원고를 고치기도 하고 책을 읽으면서 알차게 보내려 애를 쓰고 있다.

하지만 진짜 중요한 비결은 다른 것이다.

바로 글쓰는 것이 나의 취미이기 때문이다. 어린 시절 나는 취미생활을 많이 해보았다. 그림도 그리고 기타도 배우고, 만화도 그리며 독서도 해 보았다. 하지만 대학 들어오면서 나에게는 또 다른 취미가 하나 생겼다 그것은 바로 국문과에 들어왔으니 글을 한번 써봐야겠다는 생각에서 출발하였다.

글을 써서 지면에 발표를 하면 사람들이 읽어봐 주고 관심을 표한다. 내 취미가 나의 자존감과도 연결이 되는 것이다. 잘 썼다는 사람도 있고, 이런 점은 고쳤으면 좋겠다는 지적도 간혹 받는다. 그럴 때마다 흥미진진하다. 좀 더 잘 쓸 수 있을 거라는 도전정신도 생긴다.

물론 초기에는 글을 써서 돈을 벌지 못했다. 그러나 취미가 점점 전문화하고 능력이 쌓여가자 전업 작가가 되어 인세 수입만으로 살 수 있게 되었다.

글로 돈을 벌고 생계를 유지하고 있지만 여전히 글은 나의 즐거운 취미 가운데 하나다. 이것이 얼마나 강력한 취미가 되었으면 그 뒤로 그림을 그린다거나 만화를 그리거나 기타를 치는 등의 다른 일들은 거의 하지 않게 되었다. 취미가 직업의 영역으로 들어오면서 더더욱. 그래서 지금도 나는 사람들에게 취미생활로 먹고 사는 작가라고 사람들에게 이야기한다. 번번이 다른 작품을 써내는 것은 변화가 있고 다양해서 흥미롭다. 그리고 그 변화와 흥미로움은 내 머릿속에서 끊임없이 창조되어 나온다. 쓰면 쓸수록 능력이 더 개발되며 쓰면 쓸수록 기쁘다. 그러니 쪼개지는 시간을 틈타 글을 쓰면서 즐거움을 느끼는 것은 남들이 볼 때 이상할 것이다.

나는 글 쓸 때가 가장 행복하다.

주어진 원고를 어떻게 다듬고 어떻게 좀 더 완성도 있게 만드느냐에 치중하다 보면 다른 사람들이 자신의 취미를 즐길 때 느끼는 기쁨을 똑같이 맛보게 된다. 그러니 글 쓰다가 힘들 때는 어떤 일을 하냐는 사람들의 질문에 나는 이렇게 말한다.

A라는 글을 쓰다 피곤에 지치면 B라는 글을 쓰고, B를 쓰다 지치면 C를 쓰고……. C를 쓰다 지치면 다시 A로 돌아가는 생활을 한다고 말이다. 글을 쓰다 지친 마음을 또 다른 글로 위로받는 셈이다.

그러니 내 작업실에는 항상 현재 진행 중인 나의 취미생활표가 붙어 있다. 멀티태스킹으로 동시에 여러 권의 책을 쓰면서 그 책들을 통해서 변화와 다양함을 맛본다.

직업에서 만족도를 얻으려면 가장 행복한 것이 직업과 취미가 일치되는 것이라고 한다. 물론 대개의 취미는 직업으로서 만족을 얻기 힘들다. 하지만 직업이 취미가 될 수 있다면 그것은 정말 좋은 일이다. 더 나아가 가장 잘하는 일을 취미로 삼고 가장 잘하는 일을 직업으로 여긴다면 그것은 금상첨화일 것이다.

직업을 취미처럼 여길 수 있는 적성이 자신에게 있는지 알아봐야 한다. 가수가 아니어도 늘 춤추고 노래하는 게 체질화해 있는 아이라면 자신도 모르게 언젠가 가수가 될 것이다. 그런데 머리로만 가수라고 생각하는 아이들은 강연 때 내가 앞으로 나와서 춤추고 노래해 보라고 하면 몸을 비비 꼬며 부끄럽다고 낯을 가린다. 치열하기 짝이 없는 연예인 생활을 본인이 즐거워하지 않으면 결코 그 바닥에서 살아남을 수 없다.

연설하는 것이 즐겁고 외국어 공부하는 것이 재미있어서 시키지 않아도 기쁜 마음으로 익히고 노력하는 사람이라면 외교관이 되지 않아도 좋다. 얼마든지 훌륭하게 능력을 발휘하면서 전세계를 바쁘게 여행 다녀도 지치거나 힘들지 않을 것이기 때문이다.

청소년기는 취미와 직업을 일치시킬 수 있는 방향을 찾는 시기라고 할 수 있다. 끝없이 많은 일에 호기심과 애정을 가지고 기웃거리되 정말 자신이 즐겁게 할 수 있는 일로 꿈을 정하는 것이 중요하다.

지금 당장 시작하라

꿈을 가진 청년이 하나 있었다. 그 청년의 꿈은 배우였다. 비록 차에 맥주를 싣고 다니면서 술집마다 배달을 다니고 있었지만 언젠가 배우가 되리라는 꿈만은 변함이 없었다. 하루는 그 청년에게 같이 일하던 아저씨가 물었다.

"자네는 꿈이 뭔가?"

"저는 배우가 되고 싶습니다. 언젠가 제가 출연한 영화가 전 세계 극장에 상영되는 게 꿈이에요."

그 말을 들은 아저씨가 대뜸 호통을 쳤다.

"그렇다면 왜 여기서 이러고 있어? 당장 가서 배우가 돼!"

아저씨의 말은 그 청년에게 용기를 주었다. 꿈은 배우였지만 머뭇거리던 마음에 큰 채찍이 되었기 때문이다. 당장 일을 때려치우고 꿈을 향해 노력한 그 배우는 바로 리암 니슨이다. 우리에게는 쉰들러 리스트와 테이큰 등으로 잘 알려진 배우이다.

북아일랜드의 밸리메나 출신인 그는 젊은 시절 지게차와 트럭을 운전하기도 하고, 아마추어 복싱 선수를 하다가 코뼈가 부러지기도 했다. 다양하게 살길을 모색했지만 꿈을 향해 도전하지는 못하고 망설이고만 있었다. 캠브리지 대학을 나온 수재이기도 한 그는 세인트 메리 티칭 칼리지의 교사로 일하기도 했었지만 1976년, 연극 '반란자들'로 무대에 서면서 꿈을 이루고 더 큰 꿈을 향해 나아가게 되었다.

니슨은 스티븐 스필버그 감독의 쉰들러 리스트(1993)에서 오스카 쉰들러로 열연하여 아카데미 남우주연상 후보에 올랐다.

최근에 다시 읽은 미국 작가 존 스타인벡의 작품 <분노의 포도>에서는 온 가족이 캘리포니아로 이주하기 위해 준비를 할 때 동네의 목사님을 함께 데리고 갈 것인가 말 것인가를 논의하는 장면이 나온다. 가난한 형편에 입 하나를 더 달고 가는 건 가족들의 목숨을 위협하는 위태로운 일일 수도 있기 때문이다. 그때 집안의 정신적 지주인 어머니는 이렇게 말한다.

.

"할 수 있을까가 아니라 할 생각이 있느냐가 문제다. 할 수 있을까를 생각하면 아무것도 못한다."

공부 계획을 세웠는가? 지금 당장 시작하라.
그림 그리고 싶은가? 지금 당장 붓을 잡아라.
여행 계획을 짰는가? 지금 당장 떠나라.

진정한 성공은 남에게 피해를 주지 않는 것

- 싱가폴의 리콴유에게 배우라

말레이시아의 끝에 있는 작은 나라 싱가포르.

우리나라의 도시만한 이 국가가 아시아의 강력한 용(龍)으로 커나가고 있다. 국민들은 모두 영어를 공용어로 쓰고 있고, 전 세계에서 매력적인 투자처로 여기고 있는 것이다.

이 싱가포르를 오늘날 강대국으로 만든 것은 국부(國父)나 다름없는 리콴유 총리다. 이미 정계에서 은퇴한 그는 확고한 리더십과 비전으로 싱가포르를 오늘날의 강소국으로 키운 것이다. 그는 싱가포르에 가장 큰 영향을 미친 정치인이면서 싱가포르의 세 번째 총리가 된 그의 아들 리셴룽 총리를 조언하는 특별직에 재직하고 있다. 아직도 싱가포르 국민들은 그를 크게 숭상하고 존경한다. 그가 만약에 죽게 되면 대부분의 유명 정치인들을 추종하는 방식대로 기념관을 만들고 많은 사람들이 찾아가 그를 기억하려고 애쓸 것이다.

리콴유는 그 이야기를 듣고 다음과 같이 말했다.

"나 죽으면 내 집을 헐어라. 기념관 같은 거 만들어 주변 주민 피해주지 마라. 셰익스피어나 네루 기념관도 시간이 지나면서 폐허가 되었다."

리콴유는 자신의 기념관 만드는 것을 원치 않았다. 그의 집이 만약에 기념관이 되면 인근 집들을 구매해서 주차장으로 만들어야 하고, 공원으로 꾸며야 한다. 물론 충분히 보상을 해주지만 죽은 자신이 살아 있는 사람들을 쫓아내면서 영광을 차지할 이유가 없다고 생각한 것이다. 역시 한 국가를 일으킨 리더다운 행동이 아닐 수 없다.

더불어 사는 사회라는 것은 바로 이런 것이다. 내가 죽은 뒤에도 남에게 어떤 민폐를 끼칠까 걱정하는 마음, 그런 자들이 리더가 될 때 그 사회와 국가는 발전하는 것이 아닐까.

.

미국의 철학자 에머슨도 이렇게 말했다.
"자기가 태어나기 전보다 세상을 조금이라도 살기 좋은 곳으로 만들어 놓고 떠나는 것이 진정한 성공이다."

'천사의 길'로 가라

- 올바른 진로 선택법

대학교를 졸업할 무렵 나는 인생의 방향을 결정하는 중요한 선택을 해야 했다. 평생 직업으로 어느 것을 선택해야 할까 하는 것이다. 가능성으로 크게 떠오르는 것은 두 개였다. 대학 신문에 4년 내내 그렸던 만화의 길로 갈 것인지, 아니면 전공을 살린 작가의 길로 갈 것인지. 선택은 쉽지 않았다. 만화의 경우는 이미 상당히 재능을 인정받고 있었고, 앞으로 만화의 시대가 올 거라는 예감이 들었다. 그리고 무엇보다 만화를 그릴 때는 내 자신이 거기에 강하게 몰입되니 스스로 즐거웠다.

그러면 문학의 길은 어땠는가?

만화를 그릴 때보다 집중이 되거나 깊이 빠지지는 않았지만 문학 역시 나 자신을 표현하는 방법이었기에 싫지 않았다. 그리고 작가가 되어 사회공동의 문제를 고민하고, 독자들에게 그 고민의 결과를 작품으로 보여줄 수 있다는 점은 큰 매력이었다.

결국 대학을 졸업할 무렵 나는 대학원 진학을 결정하면서 만화의 길을 포기해야 했다. 문학에 나의 인생을 걸기로 했고, 지금까지도 그 결정에는 변함이 없다. 결과적으로는 좋은 선택을 한 것이다. 가끔은 만화를 하지 그랬냐고 얘기하는 사람들도 있다. 가지 않은 길에 대한 아련한 미련 때문이리라. 하지만 이미 선택해서 여기까지 왔으니 후회는 없다.

요즘 젊은이들을 보면 인생의 기로에 서서 크게 망설이는 것을 많이 본다. 이제 나이를 조금 먹고 과거를 돌이켜보니 선택에 참고하면 좋을 요령이 있다.

'천사의 길'로 가라.

천사의 길은 누구도 해치지 않고, 어떤 것도 손해 입히지 않는 방법이다. 그것이 천사의 길이다. 이 천사의 길을 선택하면 누군가에게 피해를 주지 않고, 고통을 주지 않고, 괴롭힘을 주지 않기에 일단 나 자신이 평화롭다. 뿐만 아니라 천사의 선택을 했기 때문에 그에 따른, 생각지도 않은 응분의 보상이 돌아올 수도 있다. 아니 반드시 돌아온다.

얼마 전에 만난 청년은 지인의 아들이었다. 나는 내 특유의 방식대로 꿈이 뭐냐고 물었다. 그러자 그 청년은 영화 쪽으로 성공하고 싶단다. 요즘 청년들이 그저 영화가 재미있다고 그쪽으로 가겠다고 하는 걸 하도 많이 봐서 새삼스럽지는 않았다.

그런데 문제는 그 청년이 영화와는 전혀 상관없는 국제관계를 전공한다는 사실이었다. 자초지종을 들어보니 2년 전 모 대학 연극영화과에 입학을 했지만 첫 오리엔테이션에서 선배들의 군기 센 얼차려를 보고 정이 떨어져 그 자리에서 뛰쳐나온 뒤 다시는 학교에 가지 않고 다시 공부해 지금의 국제관계학과를 다닌다는 거였다. 그러면서 여전히 영화에 대한 미련을 못 버린 채 학교를 다니고 있다는 게 문제였다.

그래서 나는 그 청년의 비겁한 태도를 지적했다. 양손에 떡을 들고 어느 것 하나를 놓지 못한 채로 시간을 보내고 있었기 때문이다. 그에게 필요한 것은 어느 것 하나를 놓고 가진 것에 최선의 노력을 다하는 것이다.

오랜 대화 끝에 청년은 밝아진 얼굴로 말했다.

"제 문제가 간명해진 것 같아요. 고민을 좀 해보고 결정해야겠어요."

청년은 나를 멘토로 여기고 자주 궁금한 것을 묻고 연락하겠노라고 한 뒤 떠났다. 부디 천사의 선택을 했길 바란다.

용서하지 않겠다는 마음도 필요하다

- 용서의 기술

배우 전도연이 주연한 <밀양>(2007, 이창동감독) 이라는 영화는 용서에 관한 이야기다.

여주인공(전도연 분)의 남편이 바람을 피우고 교통사고로 죽자 여주인공은 남편을 용서하고 상징적 행동으로 남편의 고향인 "밀양"으로 이사를 온다.

밀양에서 동네 사람들에게 배신을 당하지만 여주인공은 그들을 용서하는데 누군가 그녀의 아들을 납치하고 죽인다.

아들을 유괴한 범인이 결국 웅변학원 원장이라는 것이 밝혀지고 엄마(전도연)는 시간이 흐를수록 폐인이 되어 간다. 그런 엄마에게 교회 다니는 이웃들은 철천지원수, 유괴범을 하나님의 사랑으로 용서하라고 종용한다.

결국 용서해 주기 위해 여주인공(전도연)은 용기를 내 감옥으로 찾아간다. 그러나 사형 집행을 앞 둔 유괴범을 마주했을 때 의외의 결과가 빚어진다. 정작 유괴범은 이미 자신이 선택한 하나님으로부터 용서와 구원을 받았다면서 환한 얼굴로 오히려 아이의 엄마를 위로하는 것이 아닌가.

철창 안에 갇힌 유괴범의 뻔뻔한 평안함은 도대체 뭐란 말인가. 정말 저런 자를 용서해야 하나님의 뜻을 따르는 것인가.

이 영화의 원작자인 작고 소설가 이청준은 그의 중편소설 <벌레 이야기>를 실제 유괴 살인사건의 범인이 남긴 유사한 말에 충격을 받아 이 소설을 썼다고 한다.

영화 속 범인의 그 온화하던 말과 행동에 아이 엄마(전도연)는 충격을 받고 다시 혼란에 빠진다.

정말 이런 게 용서인가? 원수를 사랑하라는 기독교의 진리가 고작 이 정도인가? 이 사회에 가득한 화해와 평화의 말은 이렇게 배신을 당해야만 하는 건가, 의문 투성이가 되며 머리가 복잡해진다.

결론부터 말한다면 아니다. 하나님은 결코 죄지은 자를 아무나 용서하라고 하지 않았다.

용서를 받으려면 먼저 사과부터 해야 하는 것이다. 잘못을 빌고, 피해를 보상해야 한다. 그런 다음에야 용서를 받는 것이 순서다. 이는 성경에도 나와 있다.(민수기 5:6-7)

아주 기본적이고 유치원생도 알 만한 이 진리가 우리 삶에서 너무나 쉽게 무시되고 있다. 잘못을 하고도 부인하는 후안무치의 정치인, 남에게 상해를 입히고도 자신이 피해자라고 우기는 가해자, 스스로 용서 받았다며 애써 피해 입은 자를 무시하는 철면피, 계원들의 돈을 떼어먹고 도망간 악덕 계주…… 예를 들자면 끝이 없다.

영화의 마지막에서 엄마가 부르짖는, 자신이 용서하기 전에는 그 누구도 그를 용서할 자격이 없다는 말은 바로 그런 의미다.

"내가 어떻게 다시 용서할 수 있어요? 내가 그 인간을 용서하기도 전에 어떻게 하나님이 먼저 그를 용서할 수 있어요? 난 이렇게 괴로운데 그 인간은 하나님 사랑으로 용서받고 구원 받았어요! 어떻게 그럴 수가 있어요? 왜? 왜?"

스스로 하나님에게 용서 받았다는 유괴범은 안타깝게도 결코 용서받지 못했다. 용서의 개념과 순서를 잘못 알고 그는 자기 멋대로 스스로를 합리화한 뒤 스스로 용서한 것이다.

용서가 너무 쉽게 이루어지는 사회는 범죄가 너무 쉽게 이루어진다. 왜냐하면 용서를 구하면 쉽게 죄를 용서받을 수 있으니까. 마치 중세의 면죄부 판매를 보는 것 같다.

그래서 실수로 일어난 죄와 고의로 저지른 죄는 구분되어야 하며 용서를 전제로 저지른 죄는 영원히 용서하면 안된다.

정직은 새우도 기지개 켜게 한다

- 한국인 샨의 고백

캘리포니아 주 북쪽 해안은 청정 지역이다. 워낙 환경문제에 예민한 미국 사람들이기도 하지만 거대한 태평양과 맞닿은 땅, 바다를 보고만 있어도 아무 생각이 없어지면서 태고의 신비가 내 안에 스며드는 느낌이다. 그러나 이런 바다에도 인간들은 있다. 스킨스쿠버 다이버들이 바다에 들어가 해산물도 잡고 아름다운 풍경도 감상한다.

이곳에 다이빙을 하러 온 한국인 샨은 물 속에 어른 손바닥 두 개만 커다란 전복이 지천으로 널려 있음을 알고 있다. 해병대 출신인 그는 미국으로 이민 온 삶의 고단함을 이곳 해안에서 이처럼 다이빙을 하고 전복 잡는 걸로 풀곤 했다. 이 전복들은 가족들과 형제, 자매들에게 하나씩 선물로 전달되곤 했다.

그날도 샨은 아이스박스로 한가득 커다란 전복을 잡았다. 모든 채집이나 사냥은 사람들에게 흡족함을 주는 법이다. 원초적 본능이 그렇게 만들기 때문이다. 해질 무렵, 물가로 나온

샨은 귀갓길에 올라 차를 타고 바닷가를 벗어났다.

그러나 그는 까맣게 몰랐다. 바다를 감시하는 레인저들이 자신을 아까부터 지켜보고 있었다는 사실을. 그들은 멀리 숲속에서 망원경으로 다이빙하는 사람들의 행동을 관찰하며 기록하고 있었다. 그 중에서 그들이 가장 눈여겨보는 것은 전복을 잡는 행위였다. 법적으로 일정량 이상의 전복을 잡는 게 금지되었기 때문이다. 모든 게 지나치면 부족함만 못한 법이다. 전복의 남획을 막지 않으면 바다는 인간들 등쌀에 견디지 못하고 순식간에 황폐해진다.

수확이 쏠쏠해 흐뭇해하며 샨의 차가 고속도로로 진입할 무렵, 레인저들은 모습을 드러냈다. 지시에 따라 샨이 갓길로 차를 세우자 레인저가 다가와 물었다.

"스킨스쿠버 마치고 가는 길이십니까? 전복 잡으셨죠? 몇 마리 잡으셨어요?"

샨은 갈등할 수밖에 없었다. 대개 미국 사회에서는 사람들을 믿기 때문에 확실한 증거가 없이는 거짓말을 해도 추궁하지 않는다. 물론 한번 거짓말을 했다가 들통나면 그건 더 큰 문제가 되곤 한다. 하지만 정직한 성품을 가진 그는 쉽게 거짓말을 할 수가 없었다. 양심껏 대답하고 말았다.

"좀 많이 잡았소. 아이스박스로 하나."

레인저들은 아이스박스를 열어 본 뒤, 수십 마리의 전복이 있는 것을 보고 그를 그 자리에서 체포했다. 법에서 정한 건 한 사람당 한 마리였기 때문이다.

"이럴 경우 원래 스킨스쿠버 장비도 다 압수하게 되어 있는

데, 당신이 정직하게 말했기 때문에 전복만 몰수하고 재판에 회부될 거요."

그 결과 샨은 지방법원에서 판사에게 벌금형을 선고받고 말았다.

살다 보면 가끔 우리는 진실과 거짓 사이에서 갈등을 일으키게 된다. 깊이 생각해보면 거짓말을 할 수밖에 없는 상황은 다 자신이 만든 것이다. 내 안에 있는 욕심이 무리함을 불러 일으키게 되고, 그럼으로써 난처한 지경에 처하면 급한 대로 거짓말로 모면하려는 것이다.

샨은 비록 벌금형은 받았지만 정직했던 덕에 수천 달러나 하는 잠수장비를 건질 수 있었다. 아참, 샨은 바로 우리 아내의 오빠, 나의 하나밖에 없는 처남이다. 그의 정직함의 댓가인지는 알 수 없으나 손바닥 두 개만한 크기의 커다란 전복을 생전 처음 맛본 것도 그의 덕분이었다.

칭찬은 고래도 춤추게 한다는 말이 있지만 정직은 새우도 기지개켜게 만든다.

꿈의 시작은 나를 깨고 나오는 것

미국의 에이미 프레슬리라는 여자는 몸무게가 123kg이나 나가는 거구였다. 남자가 그 몸무게여도 생활이 쉽지 않을텐데 여자가 그 몸무게를 가졌으니 그녀가 할 수 있는 게 별로 없었다. 건강에도 문제가 있고 사회에서도 쉽게 받아들여지기가 어려웠다. 하지만 그녀는 나라를 위해 뭔가를 하고 싶다는 결심을 했다. 미국은 각 도시의 상가에 군대를 모집하는 모병소가 있다. 그곳에 찾아간 에이미는 해군에 가고 싶다고 이야기했다. 그러자 해군 모병관은 그녀의 몸을 보고 말하는 것이다.

"당신은 왜 해군에 들어오려고 하는 것이오?"

"나라를 돕고 싶습니다."

그러자 해군의 담당자는 말했다.

"나라를 돕기 전에 당신 자신부터 도와야 하오."

"그게 무슨 말씀이세요?"

"그 몸으로 군대에 들어올 수 없소. 몸무게를 빼고 체력을 다져야만 들어올 수 있으니까."

에이미 프레슬리는 그때부터 나라를 구하려면 먼저 자신을 구해야 한다는 생각을 했다. 운동을 하고 식이요법을 꾸준히 병행한 결과 그녀는 결국 몸무게를 72kg까지 뺐다. 무려 50kg 이상을 감량한 거였다.

살을 빼본 사람은 알겠지만 다이어트는 자신과의 투쟁이다. 몸은 언제나 요요현상으로 돌아가기 위해 호시탐탐 노린다. 대부분의 사람들이 다이어트에 실패하는 이유는 의지가 박약하고 자신을 변화시키려는 욕구가 없기 때문이다. 결국 그녀는 당당하게 해군에 입대했고, 군대에서 복무를 하며 뜻한 대로 나라를 돕게 되었다.

커다란 꿈을 이루려면 우선 나 자신을 변화시키지 않으면 곤란하다. 자신은 그대로 가만히 있으면서 멋진 영광의 꿈만을 자기 것으로 만들겠다는 생각, 그것은 정말 어리석은 것이다. 대가를 지불하지 않고 이 세상에서 얻을 수 있는 것은 거의 없기 때문이다.

소년 하나는 꿈이 자기네 학교 축구팀원이 되어 잔디 깔린 그라운드에 서보는 것이었다. 하지만 축구부에서 더 잘하는 선수들이 좌절을 겪고 선수 되기를 포기하는 것을 부모가 지켜보았다. 아들이 스스로 포기한 것을 격려하거나 억지로 등떠밀 수는 없었다. 아들이 스스로 변화하기만을 기다렸던 것이다.

이윽고 아들은 밴드부의 트럼본을 불겠다고 이야기했다. 축구선수는 아니지만 밴드부의 트럼본을 불면 응원을 하기 위해 그라운드에 설 수 있다는 것이 아닌가.

그때 부모가 해줄 수 있는 것은 빠지지 않고 아들이 연주할 때마다 시합에 참여해서 같이 있어주는 것이었다.

그것을 아는 그 학교 부모들은 모두 감동했다. 왜냐하면 데이브의 부모는 소리를 듣지 못하는 청각장애인이었기 때문이다. 청각장애를 가진 부모가 아들의 들리지 않는 연주를 듣기 위해 운동장에 한 번도 빠지지 않고 가는 것, 그것은 바로 스스로 변화하면서 새로운 꿈을 향해 나아간 데이브를 향한 격려였다.

행복은 갈등을 줄이는 것

"어떻게 끝나는 게 해피엔드야?"

대학에서 강의하는 소설창작론 시간에 내가 학생들에게 던지는 질문 가운데 하나다. 학생들은 지금 열심히 조를 짜서 릴레이 소설을 쓰고 있는데 그 결말이 어떻게 날지에 대해 토론이 벌어진 거였다.

과연 어떻게 소설이 끝나야 해피엔드일까?

옛이야기처럼 평생 배필을 만나 잘 먹고 잘 살면 그건 해피엔드가 분명하다. 동서고금을 막론하고 다 그렇다.

그러면 과연 잘 먹고 잘 살아야만 행복한 건가? 이 질문에 아이들은 대답을 하지 못했다.

간신히 한 학생이 대답했다.

"갈등이 잘 풀리면 행복한 결말 아닐까요?"

맞다. 그 학생은 제법 문제의 핵심을 꿰뚫고 있었다. 세상과의 갈등, 사람과 사람의 갈등, 이런 모든 갈등이 없어지고 해소되면 행복해진다.

그렇지만 이렇다 할 갈등 없이 불행한 사람들은 왜일까?

선진국의 자살률이 높은 건 어떻게 설명해야 하나?

흔히 문학에서는 갈등의 발생 원인을 '있어야 할 것'과 '있는 것' 사이의 괴리라고 말을 한다. 다시 말하지만 내가 생각하는 이상과 현실이 다르기 때문에 행복하지 않다는 것이다.

예를 들어 나에게 '있어야 할' 배우자는 능력 있고, 돈 잘 벌고, 잘 생기고, 집에 오면 자상하고, 부엌일에 요리도 잘하는 사람인데 눈을 돌려 옆에서 자고 있는 사람을 보면 무능하고, 돈 못 벌고, 키작고 못생긴데다, 집에 오면 텔레비전이나 보고, 부엌 근처에도 얼씬거리지 않는다고 치자. 그러면 그런 남편을 가만 둘 여자가 어디 있겠는가. 사사건건 잔소리를 하고, 자기가 가지고 있는 '있어야 할 배우자'에 '있는 배우자'를 맞추려 애쓴다. 그러니 소리가 나고 다툼이 일어나고 불행이 잉태된다.

행복은 '있어야 할 것'과 '있는 것' 사이의 괴리가 없어지는 것이다. 그렇기에 이상과 현실이 일치하면 행복해질 수 있다.

배우자가 마음에 안 드는 내가 행복해지려면 방법은 두 가지이다.

첫째는 '있는 것'을 '있어야 할 것'에 끌어다 맞추는 것이다. 배우자를 능력있게 만들고, 돈 잘 벌게 만들고 잘생기게 만들고, 자상하면서 요리도 잘 하는 사람으로 만들면 된다.

셰익스피어의 <말괄량이 길들이기>가 왜 해피엔드인가 하면 말괄량이를 내가 원하는 요조숙녀로 만들었기 때문이다. 불가능한 건 아니다. 각고의 노력이 있기만 하다면…… 그러나 이 방법이 어렵다고 해서 실망할 필요는 없다. 또 하나의 방법이 남았으니까.

그것은 바로 '있어야 할 것'을 '있는 것'에 맞추는 거다. 다른 말로 눈높이를 낮추는 거다. 내가 바라는 배우자의 기준을 그저 식구들 밥 굶기지 않게 적당히 돈 벌어 오고, 부엌일은 고사하고 집에 꼬박꼬박 잘 들어와서 텔레비전 봐도 좋으니까 건강하기나 해서 가정을 오래도록 잘 지키는 남편으로 낮춘다면 지금의 남편도 제법 쓸만해 보인다. 그러면 굳이 텔레비전보다가 소파에서 코고는 남편이라고 해서 눈총을 쏠 필요는 없다.

로버트 제임스 월러의 소설 〈메디슨 카운티의 다리〉에서 죽은 엄마는 아이들에게 이런 유언을 남긴다.

"내 아들 딸들아, 너희들은 어떻게 해서든 행복해라. 인간은 최선을 다해 행복해야 할 의무가 있단다."

그렇다. 우리에겐 행복해야 할 의무가 있다. 그렇다면 당장이라도 원하는 것을 위해 가일층 노력 분발하든지, 눈높이를 낮춰 현실을 따뜻한 눈으로 다시 바라보든지 해야 할 노릇이다.

누군가 어떻게 사는 게 행복한 삶이고 어떻게 끝나는 게 해피엔드냐고 물으면 이렇게 대답해야 한다.

"노력을 하든, 눈높이를 낮추든 둘 중에 하나를 해서 갈등을 줄이는 것이오."

인내심 있는 사람이 이긴다

집 마당에서 참새들이 제법 시끄럽게 우짖는다. 어디에서 먹을 것을 찾아내는지 모르지만 새는 참 경쟁력 있는 동물이다. 하늘을 날기까지 하니 인간이 그런 새를 잡는 것은 결코 쉬운 일이 아니다.

휴일 오후 무료하게 시간을 보내는 아이들에게 신선한 흥미를 줄 게 없을까 궁리하던 내가 말했다.

"너희들 참새 한번 잡아 볼래?"

그러자 대번에 아이들 눈이 반짝였다. 특히 호기심 많고 적극적인 막내가 더더욱 그랬다.

"어떻게요?"

나는 아이들을 모아 놓고 새덫 설계도를 그렸다. 사실 설계도랄 것도 없다. 커다란 바구니 하나만 준비하면 되기 때문이다. 바구니 위에 돌멩이를 얹어 땅에 엎어놓은 뒤 한쪽을 작은 나무로 받친다. 그리고 그 바구니 아래에 모이를 뿌려놓고 받쳐 놓은 나무 막대를 끈으로 묶어 길게 늘어뜨린 뒤 숨어서 참새가 오길 기다리면 되는 것이다. 모이를 먹기 위해 참새가 그 바구니 밑에 들어갔을 때 기회를 노려 끈을 잡아채면 끝이다.

"와, 이렇게 하면 정말 잡혀요?"

아이들이 내 설계도에 의구심을 품으며 물었다.

"그럼, 아빠도 어린 시절에 이걸로 잡은 적이 있지."

사실이었다. 참새들이 한참 배고픈 겨울, 동생과 나는 이 덫으로 참새를 잡았다. 참새는 의심이 많은 동물인지라 잡는 것이 여간 어려운 게 아니었다. 그래서 우리가 사용한 건 떡을 버무리는 콩가루. 이 고소한 냄새의 유혹에 참새 여러 마리가 바구니 아래로 목숨을 걸고 진입했다.

숨어서 지켜보다 있는 힘껏 막대를 잡아챈 우리는 이내 마당 가득 울려 퍼지는 참새들의 비명소리를 들어야 했다. 달려간 동생은 덫에 깔린 참새 두 마리를 손에 들고 왔다. 연약하고 성질 급한 참새는 이미 죽은 상태였다. 마음 여린 동생은 그걸 보고 큰 충격을 받아 다시는 이런 짓 하지 않겠다고 했다.

그런 과거의 기억을 뒤로하고 우리 아이들 셋은 모여들어 덫을 만들었다. 뭔가를 잡는다는 흥미진진함에 눈을 반짝였다.

그때 아들이 동생들에게 제안했다.

"먼저 '우'에게 시험해보자."

'우'는 우리집의 말썽꾸러기 치와와다.

"그게 좋겠어."

아이들은 마당에 덫을 설치한 뒤 바구니 아래에 개가 좋아하는 사료를 놓고 방안에 숨어 기다렸다. 가슴이 콩닥콩닥 뛰는 설레는 표정이 역력했다.

그러나 목적을 향해 나아가는 길은 결코 쉽지 않았다. 어설프게 세운 바구니가 바람에 흔들리더니 제풀에 넘어지고 만 것이다. 실망한 아이들이 나가 바구니를 다시 괴었다. 무거운 바구니를 지탱하기에 나무 젓가락은 너무 가늘었던 것이다. 몇 번의 시행착오 끝에 아이들은 땅을 살짝 파서 나무젓가락을 묻는 것으로 이 문제를 해결했다.

그러자 이번엔 다른 문제가 발생했다. 영악한 애완견이 무슨 눈치를 챘는지 도통 덫 근처에 가질 않았다. 미끼에 문제가 있다고 여긴 아이들은 고기 조각을 놓았다. 그러자 개가 조금 관심을 보였다.

"아빠, 왜 개가 안 들어가요?"

"낯설어서 그렇지. 기다려."

아이들은 옹색하게 문가에 숨어 2-30분을 기다렸다. 덫을 아이들에게 맡긴 나는 서재로 돌아왔다. 얼마나 시간이 흘렀을까. 비로소 개가 움직인 것 같았다.

"아깝다!"

"아이고!"

아이들의 탄성에 쫓아가 보니 이번엔 개가 고기를 먹으려고 바구니 밑에 머리를 들이밀어서 재빨리 끈을 당겼는데 너무 느슨하게 늘어뜨린 탓에 바로 바구니가 쓰러지지 않아 타이밍을 놓쳤단다.

이후 다시 끈도 팽팽하게 당겼지만 한번 바구니 떨어지는 걸 경험해 놀란 개가 근처에 올 리 없었다. 경계심으로 언저

리만 어슬렁거릴 뿐이었다.

"아, 지겨워요."

한 시간이 지나자 가장 어린 막내가 먼저 손을 들었다. 곧이어 아이들이 하나 둘 흥미를 잃었다.

"하하, 그런 게 바로 인생이야. 원하는 걸 얻으려면 엄청난 인내심을 갖고 끝없이 기다려야 해."

아이들은 모두 고개를 끄덕였다.

"참새같은 야생 동물은 더 경계심이 많아. 애완견도 못 기다리면서 어떻게 참새를 기다려? 지겨운 걸 참아내는 게 살아남는 데 필요한 경쟁력이야."

가르침 한 마디가 잔소리처럼 날아갔다.

가까이 보면 비극, 멀리서 보면 희극

청소년기의 범죄라는 것은 항상 보면 우발적이다.

내가 중학교 때 옆 반에서 사고가 난 적이 있었다. 학생 하나가 문구용 커터칼로 같은 반 아이를 찌른 사건이었다. 자초지종을 들어보니 학급의 덩치가 커다란 녀석이 약한 아이 하나를 계속 괴롭혔다는 거였다. 참다못한 그 녀석은 어느 날 커터칼로 그만 욱하는 심정에서 괴롭히던 아이를 찌른 거였다. 그 여파로 담임선생님은 책임을 지고 학교를 그만두셨다.

나 역시도 어린 시절에는 욱하면서 화를 내는 경향이 많았다. 아무래도 신체장애 때문에 마음속에 설움이 가득하다보니 참고 있다가 터져 나오는 경우가 흔했던 까닭이다. 어른이 되어서도 가끔 감정을 드러내거나 화를 터뜨려 주위 사람들을 난감하게 하는 경우도 많았다. 그런 일이 있고 나면 항상 후회가 앞장선다. 조금 더 참을 걸, 터뜨리지 말걸…….

하지만 화를 터뜨리지 않고 참아내는 것은 보통 어려운 경지가 아니다. 애써 누른다 한들 그 화는 또 다시 잠재해 있다가 다른 곳에서 터지기 때문이다. 그래서 말들을 하지 않는가.

낙타의 등뼈를 부러뜨리는 것은 산더미처럼 쌓은 짐이 아니라 그 위에 얹은 낙엽 하나라고.

책을 읽거나 주위에서 이야기를 듣고 화를 삭이는 법에 대해서 알게 되었다.

화가 나려고 하면 깊은 숨을 들이쉬며 열까지 세라는 사람이 있었다. 그러면 화가 풀린다는 이야기였다. 또 어떤 사람은 무조건 그 자리를 떠나라고 했다. 계속 있다 보면 화가 폭발하기 때문이라고 말했다. 다 좋은 방법이다.

그런데 내가 터득하게 된 가장 확실한 방법은 버논 하워드의 책에서 발견한 것이다.

그대들은 두려움을 몰아내고자 하는가
그 두려움은 그대들 가슴 안에 있을 뿐
두려움의 대상이 되는 자의 손에 있지 않다.

그 책에서도 인간의 화를 다루는 방법을 이야기 하는데 가장 좋은 것은 화가 나거나 중요한 판단을 할 때는 내가 나를 바라봐야 한다는 거였다. 처음에는 그게 무슨 뜻인지 이해하기 어려웠는데 가만히 생각해보니 지금 화를 내는 나는, 화와 내가 하나가 되어서 그야말로 터지려는 것이니 그때 나를 분리시켜 또 다른 내가 나를 바라봐야 한다는 것이다.

'정욱이, 너 이런 상황에서 화를 내는지 안 내는지 내가 한번 지켜보겠어.'

이러면서 자신을 지켜보면 갑자기 화가 줄어들면서 지혜롭고 차분한 나 자신을 찾게 된다. 이것은 마치 영화나 심령과학에서 유체가 이탈되는 것과도 비슷하다. 몸은 여기에 있지만 나의 영혼이 분리되어 허공에서 나를 슬그머니 내려다보는 거다. 그러면 이 세상 모든 일들로부터 거리가 떨어지면서 나는 당사자에서 관찰자로 슬그머니 빠져나올 수 있게 된다.

가끔 이 방법을 시험해보면 효과가 만점이다. 화를 내거나 속상하거나 어려움이 닥쳤을 때 나 자신이 나를 관찰하면 냉철해질 수 있다. 무엇보다도 올바른 판단을 할 수 있는 힘을 얻는다. 그리고 즉흥적인 판단이 아닌 심사숙고를 하게 되기에 실수가 적어진다.

화를 다스리는 법은 그만큼 내가 나를 객관적으로 바라보는 것인데 이 방법은 어디에든 적용할 수 있다.

학창 시절에도 한 발 뒤로 물러나 보았다면 별 거 아닌 거 가지고 다투었을 때 허허 하고 웃었을 것이다. 대부분 다투는 이유는 아주 사소한 것들이었는데 당시에는 물러설 줄 몰랐기에 그렇게 화를 불러일으킨 것이다.

생활 속에서 이런 경우가 있는데 예를 들면 바둑을 둘 때 훈수는 잘 하는데 막상 바둑 두는 당사자가 되면 수가 안보이는 경우가 있다. 훈수는 전체를 여유있게 보는데 바둑을 둘 때는 내 입장만 생각하고 내가 공격당하는 것은 보지 못하고 내가 공격할 것만 생각하기에 그렇다

찰리 채플린이 이런 말을 했다.

인생은 가까이에서 보면 비극이지만 멀리서 보면 희극이다.

상처가 아이디어의 원천이다

내 창작의 원천과 비결은 바로 나의 장애, 나의 결핍과 불편함이다.

작가가 된 나는 과연 어떤 작품을 통해 이 세상에서 나의 삶을 규정할까 늘 고민했다. 1남 2녀의 아이들이 성장하자 그 아이들이 읽을 동화를 쓰고 싶다는 생각을 했다. 하지만 이렇다 할 아이디어가 없었다. 공주가 나오고 왕자가 나오는 이야기는 이미 많은 사람들이 썼을 뿐 아니라 식상했다. 나만의 아이디어가 절실하게 필요했던 것이다.

이때 생각해낸 아이디어가 바로 내가 가장 잘 알고, 가장 잘 쓸 수 있는 절실한 문제인 장애를 동화로 다루는 것이었다. 그리하여 쓰게 된 작품이 바로 <아주 특별한 우리 형>(1999)이다.

책이 출판된 뒤의 결과는 놀라운 것이었다. 폭발적인 판매와 동시에 대형서점 베스트셀러 정상의 자리를 6개월간 유지했을 정도다. 나는 다음 해에 또 한 아이디어를 내서 시각장애인을 도와주는 안내견에 대한 작품을 썼다. 그것 역시 사람들의 발상을 뒤집는 것이었고, <안내견 탄실이>라는 작품은 그렇게 탄생이 되었다.

이러한 성과는 나의 결핍과 나의 불리한 점을 역전의 발판으로 삼은 멋진 아이디어 때문이었다.

우리나라를 대표하는 만화가 이현세는 이미 30년 넘게 한국의 만화계를 주름잡고 있다. '까치' 캐릭터를 영웅으로 만든 '공포의 외인구단'으로 한국 만화계의 거목이 되었다. 현재 그는 인기 만화가인 동시에 대학 강의를 병행하고 있다.

그런 그도 약점을 가진 사람이었다. 그는 미대를 가려고 공부를 하다가 그만 자신이 적록색약이란 것을 알았다. 색맹은 미대에 진학할 수가 없는 거였다. 그래서 색의 구별이 필요없는 만화를 선택했다고 한다.

그런 그에게 또 다른 출생의 비밀이 밝혀졌다. 어렸을 때 양자로 입양되었던 것이다. 그래서 그는 세상으로부터 도피하려고 만화계로 뛰어들었다고 한다.

하지만 어느 화실에서도 그를 받아주지 않았다. 신체적 약점 때문이라기보다는 반항적인 그의 태도 때문이었다고 한다. 그런 그가 들어간 곳은 순정만화를 그리는 만화가의 화실이다.

자신의 그런 반항적 캐릭터로 인해 그의 만화는 강력한 캐릭터가 많이 나온다. 자기 자신이 가장 잘 아는 캐릭터를 만들어내니 그것이 바로 까치다. 아웃사이더이지만 늘 마음 속에 순수한 열정을 가지고 있으며, 옳다고 믿는 일에 두려움

없이 돌진하는 캐릭터인 것이다. 그의 아픔이 배어 있는 캐릭터에 온 국민은 열광했고 지금도 그는 한국 만화계의 대부가 되어 있다.

가장 멋진 아이디어는 상처에서 나온다.

내가 불편한 점, 내가 불리한 점에서 나온 아이디어야말로 나의 경쟁력이 될 뿐 아니라 나의 삶을 바꾸게 된다.

장애인의 운전을 돕기 위해 만든 자동변속기가 보편화하듯 불편함은 우리를 편안하게 만드는 단초이다.

마침내 나는 장애로 인해 어렸을 때 가졌던 내 삶의 존재론적인 질문에 대한 해답을 얻었다. 나 같은 사람이 하나 정도 장애인이 되어야 장애의 고통과 어려움을 작품으로 써서 온 세상에 널리 알릴 것이 아닌가 말이다.

그대의 결핍은 무엇인가?

그 결핍 때문에 더 성장할 수 있을 것이다. 그 방법을 찾아내고 끈기를 기르는 것에 매진하면 결핍은 더 이상 좌절이 아니다.

장애는 극복되는 게 아니다

- 장애는 인정하는 것이다

미국의 위대한 대통령 가운데 한 사람으로 손꼽히는 프랭클린 루스벨트를 많은 사람들은 장애 극복의 큰 사표로 삼는다. 중증의 장애를 가진 그가 미국이라는 초강대국의 대통령직을 훌륭히 수행해냈다.

그러나 루스벨트는 과연 장애를 극복한 사람이라 할 수 있을까?

루스벨트에게는 장애인도 얼마든지 차별받지 않고 성공적인 삶을 살 수 있는 나라에서 태어난 행운이 있었을 뿐이다. 장애인으로서의 그의 모습은 사진으로도 별로 남아 있지 않다. 자신의 장애 입은 모습이 남에게 알려지는 것을 극도로 꺼렸기 때문이다. 긴 오버코트로 자신이 앉아 있는 휠체어를 가린 장애인으로서의 그의 모습은 최근에 제작된 동상으로 비로소 확인될 뿐이다.

오래 전에 내가 쓴 작품의 추천서를 모 선배 작가에게 부탁한 적이 있었다. 그는 그 짧은 추천서에 고 아무개는 장애가 있음에도 불구하고 훌륭한 작품을 썼다는 식으로 적었다. 나는 그때 내 작품이 장애와 관련된 것도 아니고 장애가 문학하는 데 별 상관이 있는 것이 아니었기에 그런 문구를 빼달라고 요구했다. 그러자 들려오는 말은 '장애에 이렇게 민감한 걸 보니 아직도 이 친구가 장애를 극복하지 못했다'는 것이었다.

그렇다. 나는 장애를 전혀 극복하지 못한 사람이다. 앞으로도 극복할 가능성이 전혀 없다. 나는 불굴의 의지, 집념, 희망, 용기 등등의 장애인 앞에 붙는 판에 박힌 수식어보다 더한 어떠한 것을 코 앞에 들이대어도 그럴 수 없다. 그런데 사람들은 장애를 노력해서 극복해야 하는 것으로 여기고 있다.

장애는 결코 극복되는 것이 아니다. 장애는 받아들이는 것이다.

장애인에 대한 극복의 환상은 그래서 대다수의 소외된 장애인을 무능한, 노력하지 않는 인간으로 매도하는 아주 손쉬운 기준이 되고 만다. 누구는 저렇게 훌륭히 장애를 극복했는데 너는 뭣 하느냐는 식의 손가락질을 받게 만드는 것이다.

어느 누가 장애인으로 이 사회의 그늘에서 편견과 냉대를 받으며 살고 싶겠는가. 장애는 그런 극복 따위의 말로 절대 해결되는 것이 아니기에 장애인들의 삶은 더더욱 처참하다.

나는 언론에서 흔히 인간 승리라고 가끔씩 대대적으로 소개하는 장애인을 많이 알고 있다. 그러나 그들은 장애를 전혀 극복하지 못했고 앞으로도 극복할 가능성이 전혀 없는 그저 장애인들일 뿐이다.

그들이 극복한 것은 그런 장애인은 아무것도 못할 것이라는 이 사회의 고정관념과 무시, 동정, 냉대이다.

사람들이 육상 경기에서 장애물 경기를 만든 이유가 무엇일까?

단거리, 장거리, 거리별로 육상 경기 종류가 많은데 굳이 또 장애물을 만들어 놓고 넘는 경기를 왜 만들었을까?

사람들은 따분한 것을 너무 싫어한다. 그냥 달리는 것은 재미가 없으니 뭔가 변형된 것을 만들고 싶었던 것 아닐까?

또 사람들은 뭔가 장애물을 인정하고 그것을 뛰어넘는 것에 흥분을 느끼고 희열을 느낀다. 그냥 평평한 땅을 달리는 것은 정말 심심하고 아무 감동이 없다.

장애물을 넘으면서 여러가지 돌발 변수들이 생겨난다. 1위가 2위가 되기도 하고, 3위가 1위가 되기도 하는 것이다. 역전이 많이 일어나고 뛰어넘으면서 있는 힘 다 쓰는 선수들의 모습에 마음이 움직이는 것이다.

그나마 다행인 것은 장애물을 땅에 고정시킨 것이 아니라 걸리면 넘어질 수 있도록 한 것이다.

삶도 마찬가지다

그냥 평지를 똑같이 걷는다면 재미없다.

장애물은 누구의 인생이든 앞에 놓여 있다. 그것이 신체장애일 수도 있고, 가난일 수도 있고, 게으름일 수도 있고, 남을 탓하는 성격일 수도 있다.

장애물이 있으면 장애물을 인정하고 넘으면서 기쁨과 슬픔의 눈물을 흘리면 된다. 장애물을 피해 옆으로 가면 실격이다.

육상 경기에서 장애물에 걸려 넘어졌다고 해서 죽거나 크게 다치지 않는다. 장애물이 쓰러져 조금 느릴 뿐이고 지금 장애물에 걸렸다고 해도 남은 장애물을 잘 넘으면 역전을 해서 일등도 할 수 있다.

뒤쳐졌다가 극적인 역전을 하면 더욱 감격스러운 결승선을 통과할 수 있는 것이다.

꿈은 생물처럼 진화한다

아들이 대학에 입학했다. 전공은 건축학. 전공 선택에 대해 내가 일언반구도 하지 않았는데 녀석이 스스로 정한 전공이다. 대견하기도 하지만 어려운 분야에서 과연 잘 해낼까도 궁금했다.

"건축을 전공하려는 너의 꿈은 뭐냐?"

"그, 글쎄요?"

하긴 아직 대학 1학년짜리에게 꿈과 비전이 확실하게 자리 잡기는 어려운 일이다. 나의 경우를 돌이켜 봐도 그때는 갈 곳 몰라 방황하지 않았던가.

내가 꿈다운 꿈을 가진 건 바로 대학 2학년 때였다. 어렴풋하게 작가가 되면 좋겠다는 생각을 한 것이다. 그것도 그저 작가 자체가 꿈인 거였다. 작가가 무슨 일을 하는 것인지, 어떤 비전이 있는지도 잘 모르면서.

의대의 꿈은 깨지고 부모님과 담임선생님의 권유로 급선회한 전공이 바로 국어국문학. 장애가 아무 문제도 되지 않는다는 전공이었지만 결코 그렇지 않았다.

"너는 장애가 있어서 세상 경험이 부족할 텐데 어떻게 작가가 되려고 그래?"

같이 문학을 공부하는 친구들이 내게 던지는 의문이었다.

과연 그런가. 장애인은 이 사회를 모르고, 인간 삶의 진지하고 원초적인 고민에서 동떨어져 있는 존재인가?

결론은 '아니다'였다. 장애야말로 또 다른 특별한 삶이고, 그 누구보다 진지하게 왜 살아야 하는지, 삶이 어떤 것이어야 하는지를 끊임없이 생각하게 만드는 필요충분조건이었다.

작가가 되고 보니 그게 또 새롭고도 막막한 시작이었다. 좋은 작품을 끊임없이 써서 독자들의 삶에 영감을 주고, 문제의식을 던지며, 또한 즐거움을 선사해야 한다는 어려운 과제가 발등에 떨어졌다. 그건 작가가 되는 것보다 더 어려운 일이었다.

처음 낸 역사소설 〈원균〉이 독자들의 큰 사랑을 받아 나는 비교적 운좋은 작가의 길을 걷게 되었다. 그 뒤 나는 부단히 작품을 발표하며 독자들의 뇌리에서 잊혀지지 않는 작가가 되려 노력했다. 그러나 거기까지였다. 새로운 비전과 꿈은 일상의 관성적이고 습관적인 창작에 함몰되고 없었다.

그런 나에게 새로운 비전이 생겼다. 나만의 독특한 경험이고 나의 숙명인 장애를 문학의 장으로 끌어들인 것이었다. 미래의 세상을 장애인이 차별 받지 않는 곳으로 만들겠다는 꿈을 가지면서 나는 어린이들이 읽을 수 있게 장애를 소재로 한 동화를 발표했다. 고맙게도 나의 그런 시도는 독자들의 열렬한 반응으로 돌아왔다.

꿈은 늘 새롭게 변하고 발전하며 커지는 법.

작가가 된 뒤 수차에 걸쳐 참관한 해외 도서전에서 나는 내 앞에 열린 새로운 지평을 발견했다. 장애는 우리나라만의 문제가 아니었던 것이다. 이후 나의 꿈은 전 세계에 내 책을 발간해 세계인의 장애인에 대한 인식을 바꾸는 것으로 변했다. 현재 20여 권의 책이 중국, 일본, 대만, 태국, 미국 등지에서 출간되었거나 번역중이다. 유럽과 북남미 지역을 포함해 더 많은 나라에 나의 책을 알리고 소개할 계획이다. 그러기 위해 나는 많은 여행을 통해 그들의 삶을 알고 배우려 애쓰고 있다. 세계인의 보편성을 확보하는 게 중요함을 알기 때문이다.

이렇게 나의 꿈은 진보하고 있다. 죽는 날까지 이 길로 매진할 것이다. 장애의 고통과 장애인들의 목소리를 담은 독창적인 작품을 쓰면서……. 꿈은 꾸는 자만이 이룰 수 있지 않은가.

얼마 전에 만나 함께 강연을 하게 된 홍아무개라는 사람은 원래 어린 시절부터 부동산 사업을 해서 큰 돈을 벌었다고 했다. 그는 지방대 토목공학과를 자퇴하고 경제의 현장에 뛰어든 거였다. 차안에 현금 몇 억을 넣고 다니며 투자를 하던 그였다.

하지만 큰 돈을 벌었다가 실패한 뒤 노숙자가 되었다. 노숙자로 자살을 꿈꾼 적도 여러 번인데 아내의 얼굴 한번 보고 죽으면 좋겠다는 꿈을 가졌다. 마지막으로 통화할 때 아내가 무조건 오라고 하니 달려가 다시 재회했다. 그때 아내가 남편인 그에게 달을 따다 준다더니 왜 안 주냐고 하니 그는 아내를 위해 스마트폰으로 천체망원경 만드는 아이디어를 내서 그 기술을 특허내어 빚을 다 갚고 인생 역전에 성공했다.

그런 그에게 꿈이 뭐냐고 하니까 이제는 자신과 같은 처지에 있는 사람들에게 창업의 기회를 주고, 그들을 교육시켜서 국가의 발전에 이바지 하겠다는 포부를 밝혔다. 꿈은 이렇게 이루고 나면 다시금 새로운 꿈으로 거듭 발전해야 한다.

나의 이런 이야기를 들은 아들이 며칠 뒤 나에게 말했다.

"아빠 저도 꿈을 정했어요. 아주 큰 꿈이에요."

"뭔데?"

"나중에 우리나라가 통일이 될 거 아니에요? 그럼 제가 통일 한국의 신도시 전체를 설계할 거예요. 이념과, 민족과, 분단, 화합, 통일 이런 거 모두 다 아우르는 개념으로요."

그건 정말 거창한 꿈이었다.

내가 가는 길은 내가 만든다

나는 늘 생각했다. 내가 장애인만 아니었더라면, 의대 입학만 할 수 있었다면, 지금쯤 더 행복하게 살지 않았을까라고.

그래서 고등학교 동창인 의사들을 보면 내심 부러워했다. 때로는 배 아프기도 했다. 잘 나가던 탄탄대로가 막혀 나만 이렇게 험한 길을 구불구불 힘들게 간다고 속상해 했다.

그런데 어느 순간 내가 가지 못한 탄탄대로를 걷는다고 생각한 의사나 변호사 친구들과 이야기를 나누면서 난 깨달았다. 그 친구들도 모두 자기가 원래 가고자 했던 길과 꿈은 조금씩 달랐다는 걸.

의사를 하는 친구는 요즘 병원 운영이 너무 어렵고 빚이 너무 많다고 했다. 의사가 망하는 건 순식간이라는 거다. 처음에 개업할 때는 보증금과 월세를 빌려야 한다. 그리고 인테리어에 돈 들어가고 각종 기계와 기구를 빌려서 구입하는데 또 돈이 들어간다. 게다가 홍보비에, 간호사 고용해서 월급 주고 각종 공과금을 내면 돈을 적당히 벌어서는 안 되는 거였다. 그러다보니 빚을 더 얻어서 운영을 하고 자꾸 그 빚이 눈덩이처럼 커진다는 거다.

변호사 친구도 말했다. 요즘 변호사가 너무 많이 쏟아져 나와, 도무지 먹고살 수가 없다고……. 그러면서 그들은 나를 부러워했다.

그래서 나는 알았다.

인생에 탄탄대로는 없다는 것을. 가지 못한 길도 없다. 그리고 대부분의 사람들은 어리석게도 자기에게 가지 못한 탄탄대로가 어딘가에 있다고 생각한다는 것을. 그러면서 그 탄탄대로에 대한 안타까움을 늘 가슴에 품고 산다. 이건 한 사람도 예외가 없었다.

이제 나는 감히 말할 수 있다.

우리네 인생에 길이 있다면 그저 내가 가는 길이 있을 뿐이다. 오늘 내가 할 일은 그 길을 묵묵히 가는 거다. 가다보면 진흙탕에, 절벽에, 험한 오르막도 있지만 예쁜 꽃이 피어 있는 오솔길이나, 탁 트인 넓은 길도 나올 것이다. 힘들게 언덕을 오르면 시원한 바람이 내 땀을 식혀주기도 한다.

내가 할 일은 내가 가는 길을 열심히 가는 것뿐이다. 탄탄대로는 이 세상 어디에도 없으니까.

우주의 중심은 나

- 나를 사랑하자. 나는 소중하니까

한 학기 내내 강의에 들어오지 않은 학생이 있었다. 종강할 때까지 전부 결석이어서 그 학생의 점수는 당연히 F였다. 학기말이 다 되어서 강의를 마치고 교수실로 돌아오는데 웬 아주머니가 쫓아와 나에게 말을 걸었다.

"교수님, 제가 아무개 엄맙니다."

출석부를 들춰보니 수업에 한 번도 들어오지 않은 바로 그 학생이 아닌가.

"어쩐 일이신가요? 이 학생은 계속 결석했는데요?"

"그 학생 땜에 왔습니다. 제발 용서해주십시오."

"무엇을 용서해 달란 말씀인가요?"

"제가 그 아들 녀석이 대학에 들어오자마자 이혼을 했습니다."

"그런데요?"

"남편과 도저히 살 수 없었지만 아들이 대학만 들어가면 보자고 벼르며 참고 살아왔는데 이혼하고 나니까 생각지도 않게

이 녀석이 망가졌어요."

이야기를 들어보니 아빠 엄마가 이혼하는 바람에 충격을 받은 그 학생은 산 속에 있는 기도원에 들어가 식음을 전폐하고 기도만 했다는 것이다. 아빠 엄마가 다시 재결합하게 해달라고……

"아니, 아빠 엄마가 이혼하는 건 그렇다 쳐도 학생이 자기 성적관리도 하지 못 하고, 공부도 하지 않는데 어떻게 점수를 줄 수 있겠습니까?"

나는 냉철하게 이야기했다. 그러자 그 엄마는 울고불고 매달리는 것이었다.

"철이 없어서 그렇습니다. 쟤를 제가 인간 만들 수 있게 도와주세요. 교수님, 이번에 만약 점수 안 주시면 쟤는 학교에서 퇴학당합니다. 그러니 어쩌면 좋습니까, 교수님!"

그 말을 듣고 나는 어이가 없었다. 엄마 아빠가 이혼한 것이 자녀에게 상관이 아주 없진 않지만 그렇다고 자기 인생을 망칠 만큼 결정적인 충격도 아니지 않은가. 어떻게 그렇게 자신을 사랑하지 않고 함부로 내팽개쳤을까.

나 역시도 나 자신을 사랑하는 결론을 얻기가 쉽지 않았다. 초등학교 5학년 때까지는 울기도 잘 울었다. 너무나 억울했기 때문이다. 내가 잘못한 것이 무엇인지 알 수 없는데도 장애인이 되어 힘들고, 고통스러운 삶을 살아야 되는 것이 이해할 수 없었기 때문이다.

하지만 열두 살 무렵 나는 울고 괴로워 해봐야 아무 소용이 없음을 깨달았다. 그리고 이왕 주어진 삶, 스스로 아끼고 스스로 존중하지 않으면 아무도 알아주지 않는다는 것도 깨달았다. 그때부터 나는 울지 않았다. 나는 나 자신이 소중하다 여겼고, 사랑했다.

나 자신의 삶을 사랑하면서부터 놀라운 변화가 일었다.

그 첫째가 친구였다.

좋은 친구를 많이 사귀는 것, 그것을 나는 어려서부터 체득했다. 왜냐하면 친구들 도움 없이는 학교 다니는 것이 불가능했기 때문이다. 가방을 들어주는 친구, 나를 업고 계단을 올라가 주는 친구, 대신 심부름을 해주거나 물건을 옮겨주는 친구……. 하루에도 열 번, 스무 번, 아니 백 번씩 친구들의 도움을 받아야 했다.

모교는 계단이 많은 건물이었다. 그러한 학교를 다녔다는 것이 지금 돌이켜 보면 꿈만 같다. 스스럼없이 나에게 등을 돌려 업어주던 친구들, 가방을 들어 집에까지 데려다주던 친구. 자전거에 태워 독서실에 가주던 친구들이 있었기에 오늘날의 내가 있었다.

청소년기는 좋은 친구를 사귀는 데 시간과 노력을 투자해야 할 소중한 시기이다. 나를 사랑하는 자는 친구도 사랑할 수밖에 없기 때문이다.

나는 이 우주의 처음이자 끝이다. 아니, 나 자신이 하나의 우주다. 그것도 모든 다른 수많은 우주들과 연결된.

내가 살아있을 때 맛있는 음식도 먹고, 온갖 영광을 차지하는 것이지, 죽고 나면 아무 소용이 없다.

실수를 두려워 말자

– 도미노와 안전판

일요일 오전, 아들과 나는 장기를 두고, 딸들은 체스 게임을 하며 재미있는 시간을 보냈다. 각종 게임기가 담긴 게임박스에 있는 도미노 조각을 보고 나는 문득 제안했다.

"도미노 게임을 할까?"

내 제안에 아이들이 관심을 보였다. 도미노 게임이야말로 간단한 놀이다. 일정한 간격을 두고 도미노 칩들을 늘어놓고 나중에 가장자리 것을 건드려 순차적으로 모든 조각이 쓰러지면 끝이기 때문이다. 물론 일시에 무너지는 한순간의 장관을 구경하기 위해서는 도미노 칩을 조심스럽게 쌓는 끈기와 노력이 필요하다.

"재미있을 것 같아요."

딸들은 흥미를 보였다. 다같이 모여 한 개, 두 개 씩 거리를 일정하게 세우는데, 아니나 다를까, 열 개 정도 세우더니 아들의 실수로 와르르 무너졌다. 나도 한쪽에서 도미노 조각을 세워 나가면서 아이들이 이어놓은 뱀 같은 도미노와 연결하려고 했다. 그러다 이번에는 내 실수로 또 무너졌다. 딸 둘과 내가 함께 만들기 때문에 어느 한 사람이 조금이라도 테이블에 진동을 주거나 건드리면 도미노들은 바로바로 쓰러졌다. 속절없이 애써 세운 도미노들이 무너지는 것을 지켜보는 것도 결코 쉬운 일은 아니었다.

"에이, 아빠 또 쓰러졌잖아요."

"미안미안."

그래서 내가 생각해낸 방법은 바로 도미노 중간 중간에 체스 말판을 하나씩 끼워 넣는 거였다. 열 개 정도의 도미노 칩 사이에 체스의 비숍이니 퀸이니를 세우면 안전판 노릇을 하기 때문이다.

"이게 바로 안전판이야. 쓰러지더라도 안전판이 중간에서 막아주니까 전체가 다 무너지지는 않지."

우리는 안전판을 세우면서 수십 개의 도미노를 이었다. 구불구불 이어진 도미노가 점점 길어지자 다시 도미노가 쓰러지는 일들이 벌어지긴 했다. 하지만 안전판은 그럴 때마다 붕괴의 연쇄반응을 차단해주었다.

갖고 있는 모든 도미노 칩을 다 세워놓자 테이블 위로 마치 흰 뱀이 또아리를 튼 것 같았다. 이제 남은 일은 안전판을 제거하는 일이었다. 인생에 있어서 가장 중요한 문제는 마지막 마무리.

"애들아, 안전판을 제거할 때는 정말 신경써야 해. 막판에 잘못 쓰러뜨리면 전부 망가지거든. 어떤 일이든 마무리를 잘 하지 못하면 말짱 도루묵이 되는 거야."

안전판을 제거하는 일은 결코 쉽지 않았다. 숨을 죽이며 하나하나 신중히 제거하자 드디어 길고 긴 뱀처럼 생긴 하얀 도미노의 줄이 완성되었다. 그건 30여 분 동안 온 가족이 단합해 이룬 결과였다. 카메라를 가져다 동영상으로 찍을 준비를 한 뒤 가장 고생한 딸에게 도미노의 첫 번째 칩을 쓰러뜨리도록 했다. 툭 치자 도미노가 와르르 무너져 내리기 시작했다.

"우와아아!"

아이들은 모두 기뻐하며 그 장면을 영상으로 담았다.

애써 쌓아 놓은 도미노는 결국 쓰러뜨리기 위해 있는 것이었다. 촬영이 끝나고 도미노 게임도 끝났다. 도미노를 세우기 전과 똑같아졌다. 애초의 모습에서 변한 것은 하나도 없었지만 대신 우리들 마음에는 뭔가 해냈다는 만족감이 자리를 잡았다.

아이들에게 나는 또 부모 티를 내며 말했다

"실수를 두려워 하지 마. 실수하면 안전판을 세우든지 실수를 경험 삼아 다르게 하면 되니까 ."

뒤늦게 쫓아온 아들이 자기도 해보겠다며 도미노를 세우기 시작했다. 안전판을 잘 세우라고 했지만 녀석은 무슨 심사인지 무시하고 도미노를 늘어놨다. 아니나 다를까, 얼마 지나지 않아 세워 놓은 도미노가 전부 다 무너지는 게 아닌가.

사람이 하는 일은 항상 실수가 있고, 실패가 있게 마련 아니던가.

"왜 안전판 안 쌓았어?"

내 물음에 아들이 뒤통수를 긁으며 대답했다.

"안전판 놓고 나중에 빼고 하는 거나 한 번에 하는 거나 걸리는 시간이 비슷할 거 같았어요."

그 말도 맞는 말이다. 실수하지 않으면서 그렇게 할 수만 있다면 가장 경제적이기 때문이다. 그러나 인간은 실수를 하니까 문제고, 실수는 언제 있을지 아무도 모른다는 게 두렵다.

실수를 통해 탄생한 발명품은 많다.

접착메모지는 접착력이 강하지 못한 실수로 인해 탄생한 제품인데 이것을 떼었다 붙였다 하는 접착메모지로 재탄생한 것이다.

물에 뜨는 비누, 아이보리는 P&G 사의 어느 직원이 실수로 점심시간에도 기계를 작동시켜 비누에 공기가 많이 들어가 거품이 많이 일게 되었다. 회사는 이 실수를 탓하지 않고 제품으로 만들었는데 의외로 반응이 커서 물에 뜨는 비누로 회사는 큰 매출을 올리게 되었다.

이렇게 실수가 오히려 더 큰 성공으로 이끈 것이다. 실수를 나쁜 것으로 보지 않고 새로운 기회로 보는 사고의 전환이 중요한 것이다.

누군가 한 말을 명심하자.

당신의 인생에서 가장 큰 실수는 실수할지 모른다는 두려움에 사로잡히는 것이다

연습은 천재를 이긴다

어려서부터 나는 기타를 조금 쳤다. 기타 연주는 나의 취미가 되었다. 뛰어나게 잘 치는 것은 아니지만 포크송 정도를 노래하면서 칠 수 있는 수준까지는 된 것이다. 그 뒤 기타는 대학 들어와서 학교생활을 할 때에도 큰 도움을 주었다. 여학생들에게 인기도 끌게 해주었다. 심심할 때 여가활동으로서는 그만이었다. 그러다가 시나브로 기타를 손에서 놓게 되었는데 그 뒤로도 가끔씩 만나게 되는 기타는 나에게 여전히 기쁨을 주었다.

얼마 전 기타를 조금 칠 줄 안다는 것을 알고 친구 하나가 자신에게도 좀 가르쳐 달라는 부탁을 했다. 남을 가르칠 정도는 아니지만 그래도 원하는 수준의 악보를 보면서 포크송 기타를 칠 정도면 된다는 말에 용기를 냈다.

한 번에 만나서 가르칠 수 있는 내용은 많지 않았다. 그저 코드 한 두 개를 가르쳐주고 기타줄을 퉁기는 주법을 지도할 정도였다. 일주일이나 이 주일에 한 번 정도 만나 어떻게 늘었는지 점검해주는 정도였다. 그런데 연습하라고 했더니 그는 정말 치열하게 연습을 해서 오랜만에 만나면 가르쳐준 것을 완벽히 소화하고 있는 것을 보면서 나는 깜짝 놀랐다. 갑자기 가르칠 기분이 확 났다. 말해주는 대로 연습을 해서 능력을 보여주기 때문이다. 더디지만 확실하게 진보하는 것이 눈에 보였다.

얼마 지나지 않아 그 친구와 쉬운 노래를 같이 반주하며 함께 부를 수 있을 정도까지 되는 것을 보며 아무리 기타가 시작은 쉬운 악기라지만 친구의 발전은 놀랍다는 생각이 들었다.

흔히들 세계적인 명성을 얻은 악기 연주의 대가들은 연습벌레라는 말을 한다. 심지어 젊은 연주가들이 참여한 콩쿠르에 심사하러 간 심사위원들이 자기 호텔방에 꼭 피아노를 놔달라고 부탁하며 시간 날 때마다 오가면서 피아노 연습을 한다는 말도 들었다. 대가가 되었음에도 불구하고 연습을 게을리하지 않는 것이다. 연습 없이 이루어지는 것은 정말 하나도 없다.

예술분야에는 연습벌레들이 참 많은데 나를 감동시킨 이야기가 하나 있다.

20세기 10대 첼리스트로 꼽히는 사람 가운데 하나인 모리스 장 드롱. 그의 일화는 세계적 거장인 피카소와 얽혀 있다.

어느날 장 드롱은 피카소에게 자신의 첼로를 그려 달라고 부탁했다. 첼로는 원래 얼핏 보면 똑같아보여도 자세히 보면 다 다르기 때문에 그림으로 그리면 개성이 그대로 드러나는 법이다. 피카소는 흔쾌히 허락했다. 그러니 장 드롱은 이제나 저제나 첼로 그림이 완성될까 기다렸다. 하지만 그 후에도 몇 번 더 피카소를 만날 기회가 있었지만 웬일인지 첼로를 그렸다는 이야기는 전혀 들을 수가 없었다.

'아, 피카소가 너무 바빠서 못 그리는 모양이다.'

장 드롱은 그렇게 생각하고 넘어갈 수밖에 없었다. 그래서 마음 속에서 그 일을 지웠다.

그러나 피카소에게는 그렇지 않았다. 10년의 세월이 흐른 어느 날, 피카소는 장 드롱에게 자신이 그린 그림을 내밀었다.

"이게 무슨 그림이죠?"

"자네의 첼로일세."

자초지종을 물으니 피카소가 이렇게 대답했다.

"첼로를 그려 달라는 부탁을 듣고 10년 동안 날마다 첼로 그리는 연습을 했다네. 그런데 아무리 잘 그려도 자네가 연주하는 아름다운 첼로 소리는 내 귀에 들리지 않더군."

"아니 그림 첼로에서 어떻게 소리가 납니까?"

"아니야. 열심히 그리면 소리가 들린다네. 그런데 한 10년쯤 그리다보니 이제야 그 소리가 들리는 것 같다네. 자네처럼 열심히 연습해서 소리를 내는 사람에게 내가 쓱쓱 그린 그림을 줄 수는 없지 않은가."

두 거장의 공통분모는 바로 연습이었다.

오늘날 핵무기로부터 자유로운 세계평화를 이루게 된 것은 미국의 대통령인 레이건이 고르바초프 소련 서기장을 만나 평화협정을 맺었기 때문이다.

그 협정 이후 러시아는 개혁과 개방으로 나섰고 전세계는 핵전쟁의 위험에서 놓여나게 되었다. 위대한 배우였던 레이건 조차 고르바초프를 만나서 대화를 나누기 위해 수없이 많은 연습을 했다고 한다. 말투 하나하나 표정 하나하나 동작 하나 하나까지도 익혀서 몸에 밸 때까지 했다고 하니 연습 없이 이 세상에 이루어진 것은 정말이지 하나도 없다.

수의에는 주머니가 없다

– '자원봉사' 대신 '사회사랑'이라 하자

어느 기업의 사보에 나눔에 대하여 글을 써서 발표했는데 그 글을 읽은 우리나라 굴지의 재벌회장이 나에게 전화를 해왔다. 식사를 대접하고 싶으니 한번 만나자는 거였다.

나는 이 세상에 있는 줄만 알지 실제로 보거나 만나기 결코 쉽지 않은 재벌회장의 초대를 받아 밥을 먹으러 가게 되었다. 그러면서 나는 일개 장애인에 불과한 나를 재벌회장이 무슨 이유로 보자는 걸까 궁금해 하며 내가 쓴 글을 돌이켜 보았다.

스핑크스라는 이집트의 괴물은 지나가는 사람마다 붙잡고 퀴즈를 냈다. 아침에 네 발, 점심에 두 발, 저녁에 세 발인 동물이 무엇이냐고. 그 답은 누구나 다 안다. 바로 인간이다. 즉, 아침에 네 발로 기다가 어른이 되어선 두 발로 걷고, 마지막 저녁때가 되어서는 지팡이를 짚기에 세 발이 되는 것이다. 이 것을 다시 해석한다면 모든 인간은 건강하게 태어났어도 죽을 때는 장애인으로서 삶을 마감해야 한다는 의미가 된다. 한 마디로 모든 인간은 장애로부터 결코 자유로울 수 없다는 뜻이다. 그렇기에 우리에게는 겸손함이 필요하다. 장애인의 모습이 곧 미래의 내 모습이기 때문이다. 나눔을 실천할 이유가 바로 거기에 있다.

그러한 내용으로 쓴 글을 보고 회장이 연락을 해온 거였다. 식사 자리에서 만난 회장은 온화하고 진지한 사람이었다. 젊은 나의 이야기도 잘 들어주었다. 회사에서 관심을 갖고 있는 사회공헌에 대한 이야기를 중심으로 대화가 이루어졌다. 나는 사회공헌이라는 말도 마음에 들지 않는다고 했다. 공헌이라 함은 누군가에게 도움을 주고 희생을 했기에 보상을 받아야 하는 느낌이다. 자원봉사라는 말도 그래서 나는 싫어한다. 봉사라는 것은 시혜적 의미를 담고 있다. 도움을 받는 사람의 입장에서 기분 좋을 리 없는 표현이다. 그래서 내가 회장에게 제안한 새로운 말은 '사회사랑'이다. 사랑은 대가를 바라지 않기 때문이다. 그 말을 들은 회장은 고개를 끄덕였다. 앞으로 회사에 돌아가서 사회 사랑을 실천하도록 지시하겠노라고 약속을 했다.

그러고 보니 이 사회에는 수많은 약자와 도움 필요한 사람들이 있다. 회장에게 나는 말했다. 어설프게 사회공헌을 하는 것보다는 그 회사에 장애인을 한 사람이라도 더 채용해달라고. 법적으로 2%의 인원을 장애인으로 고용하게 되어 있는데 그 회사는 1.5%밖에 고용하지 않았다. 부족한 0.5%를 채우면 7-80명의 장애인이 더 일할 수 있으며, 그 장애인들이 직장을 갖게 되면 그들에게 딸린 가족 수백 명이 나눔의 혜택을 볼 수 있기 때문이다.

이러한 이야기를 나누고 헤어져 돌아오면서 나는 곰곰이 생각했다. 내가 가지고 있는 것을 남에게 나눠주고 배려하는 것은 결코 쉬운 일이 아니다. 인간은 이기적인 동물이기 때문이다. 아직까지 통 크게 기부하는 재벌회장들을 보지 못했고, 기부를 생활화한 지도층인사도 많지 않다. 지금부터라도 기부와 나눔을 실천함으로써 우리가 나중에 그 기부와 나눔의 혜택을 받을 수 있기 때문이다.

돌아오는 길, 회장의 승용차 운전기사와 이런저런 이야기를 나누게 되었다. 나이 지긋한 그는 나에게 한 마디의 명언을 남기는 거였다.

"선생님. 수의에는 주머니가 없답니다."

맞다. 이 세상을 하직하는 그날, 나그네인 우리는 모두 빈손으로 가야 한다. 가져가지도 못하는 것을 끌어안고 사는 셈이다. 제대로 쓰지 못 하고 굴욕스럽게 죽느니, 나눔을 실천하며 떳떳하고 홀가분하게 다음 생을 향해 나아가야 한다. 그 회장님에 그 기사라는 생각이 들었다.

여인의 향기

 그녀를 내가 처음 만난 건 대학 4학년 여름이 막 시작되던 1학기말이었다. 기말고사 준비를 위해 새벽안개를 가르며 집을 나와 택시까지 타고 달려간 학교 도서관에는 이미 빈자리가 없었다. 중앙도서관을 포기하고 자리를 잡은 단과 대학 열람실은 이제 막 본격적으로 공부를 시작하려는 초롱초롱한 눈망울의 젊은이들이 내뿜는 열기가 가득 차 넘쳐나고 있었다.

 문학을 공부한답시고 밤마다 파지를 날리며 대학 시절을 보낸 나로서는 사실 도서관의 그러한 열기가 그리 익숙한 것이 아니었다. 졸업을 앞둔 당시의 나로서는 도서관에 가서 공부를 한다는 건 파격에 가까운 일일 터. 그간 나를 감고 돌았던 문학이라는 어둠의 세력(?)과 손을 끊고 이제 정말 졸업을 하고 대학원을 가기 위한 준비가 코앞에 닥쳐 있었다.

 "저 혹시 아무개씨 아니세요?"

 텁텁한 초여름 무더위를 가르는 알싸한 비누향기로 그녀는 그날 내게 다가왔다. 어벙하게도 나는 그녀를 나의 과후배 가운데 하나쯤으로 알았다.

"저 국민학교 1학년 때 짝이었는데…."

그 순간을 지금도 기억한다. 그간의 복잡했던 다양한 관심사를 정리하고 오로지 문학을 나의 업으로 삼아 공부하려 맘먹고 모처럼 도서관을 찾은 그날, 신은 얄궂은 운명의 고리를 철컥 채워버렸던 것이다.

이 여인을 만나게 하려고 나의 운명은 그토록 많은 시련과 방황을 준비했음을 깨달았다.

그녀는 힘들고 강파른 삶의 고개를 숨이 턱에 차도록 올라 간신히 한숨 돌린 나그네의 눈에 띤 길섶의 원추리꽃 같은 여인이었다. 온갖 화사한 치장과 드러냄과 표현함에 익숙한 여인들 사이에서 그녀의 자태는 전혀 드러나지 않는 그것이었고 그 드러나지 않음이 아름다움이었다.

그녀는 은행을 2년 다녔다고 했다. 그리고 은행 앞을 무리지어 달려가는 젊은이들의 시위하는 스크럼이 갖는 의미를 그때는 이해하지 못했노라고 했다. 자신의 삶을 보다 빛나는 것으로 만들어야 한다는 깨달음이 어느 날 갑자기 들이닥쳤고, 야간 입시 학원에 등록을 해 내가 다니던 학교에 입학한 것이 1년 전의 일이었다.

그녀는 그렇게 나의 공간 안에 있다가 오롯이 모습을 드러낸 것이었다.

대학생활을 제대로 하기 위해 직장도 관둔 그녀는 과에서 촉망받는 재원이었다. 장학금을 놓치지 않았고, 대학 생활의 소중함을 내게 행동으로 하나하나 깨우쳐주었다.

"한번 읽어보고 이상한 부분 없나 봐줘."

그날 이후 도서관에서 나란히 앉아 공부하게 된 나에게 그녀는 가끔 자신의 리포트 원고를 내밀었다. 이면지에 단아하게 연필로 써내려 간 리포트 초고.

"아니 뭐 리포트를 초고까지 작성해서 써? 그냥 도서관에서 적당히 베끼지."

그게 내 삶의 방식이었다면, 리포트 한 편을 쓰더라도 그 문제가 납득이 되도록 자료를 읽고 또 읽고 생각하고 초고를 써서 고치고, 또 고치고 난 뒤에야 리포트 용지에 온갖 정성을 다해 옮기는 것은 그녀 삶의 방식이었다.

시간이 날 때면 도서관에 가서 유명 화가의 화집을 천천히, 아주 천천히 감상하며 한 페이지씩 넘기는 여인. 주변의 사랑하는 사람들에게 잔잔한 행복의 물결을 전하는 여인. 그러면서 전혀 자신의 존재를 무리해서 드러내지 않는 원추리 꽃같은 여인이 나의 첫사랑이었다. 남들이 화려하고 원색적인 꽃에 눈을 줄 때 나는 숨은 보석을 몰래 혼자 찾아낸 듯한 득의만만함을 즐기고 있었다.

그러나 그녀와 헤어진 뒤 내가 보낸 20대 후반의 세월은 암회색 스모그가 온통 내 사위를 감싼 메마른 시절이었다. 고통의 시기를 보내고 나서 나는 어느 날 문득 거짓말처럼 그녀를 놓아보낼 수 있었다. 나에게 남은 건 그녀의 아련한 향기와 우리가 사랑했다는 추상 명제 하나뿐이었다.

139

얼마 전 만난 모 출판사 주간은 그녀가 공부한 학과의 직속선배였다. 그가 기획하고 있는 원고를 쓰는 문제로 만난 우리였지만 같은 캠퍼스에서 비슷한 시기에 젊은 시절을 보냈다는 공통점에 이내 의기투합할 수 있었다. 딱딱한 업무 이야기들이 끝난 뒤 우리의 화제는 자연스럽게 둘이 알 만한 사람의 소식을 전하는 일이었다. 그 과의 조교였던 그는 원추리꽃 같은 내 첫사랑의 여인을 아주 잘 알고 있었다.

"내가 그때 장가만 안 갔어도 그 여자에게 프로포즈 했을 거요."

그의 이 말 한 마디에 나는 내 얼굴에 번지는 미소를 느끼지 않을 수 없었다. 풀섶에 숨은 원추리꽃을 발견하는 그의 안목이 나와 같았기 때문이다.

그와 함께 출판사 사무실에서 나오는 내 주변에선 어디선가 오랜 세월을 건너 뛴 원추리 꽃의 향기가 다시 감돌았다.

3부

책 속에 해결책 있다

책이 가르쳐 주는 비책

빌 게이츠, 안철수, 도산 안창호, 백범 김구, 아브라함 링컨의 공통점은?

이들은 독서광이었다.

또 다른 독서광으로 세종대왕, 허균, 스티브 잡스, 오프라 윈프리 등이 있다.

빌 게이츠는, 믿거나 말거나 열 살이 되기 전에 백과사전을 독파했다고 한다. 그는 공립도서관에서 열린 독서경진대회에서 1등을 하며 꾸준히 일생에 걸쳐 독서를 했다 한다.

안철수는 학창시절 평범한 소년이었고 성적은 중간이었다. 그러나 학교 도서관에 있는 책을 거의 다 읽었다.

안철수는 책의 페이지 수, 발행 년 월 일, 저자까지 모두 다 읽었고, 바닥에 종이가 떨어져 있으면 그것마저도 읽어야 직성이 풀렸다고 한다. 나와 무척 흡사했다.

책을 많이 읽으면 분명 그 효과가 나타난다는 것이 많은 유명인들을 통해 입증되었다.

일본의 이토오 히로부미를 만주의 하얼빈 역에서 저격한

안중근 의사도 독서를 통해 그런 뛰어난 인격을 갖춘 분이 되었다.

안중근 의사는 감옥생활을 하면서 많은 책을 쌓아놓고 계속 읽고 공부했다.

사형을 집행하려 할 때 안중근은 공부한 것을 토대로 '동양평화론'이라는 책을 쓰고 있었는데 서론만 쓰여진 상태였다. 그 책을 다 쓸 때까지 사형을 15일만 연기해 달라고 일본군에게 부탁을 했다. 그들은 안중근 의사의 인격에 이미 감화되었기 때문에 사형을 연기해 주었다. 그때까지 일본군은 한 번도 사형을 연기해 줘본 적이 없었다고 한다. 독서를 통한 안중근 의사의 높은 애국심과 인격은 대단하다 할 수 있다.

옛날 중국의 차윤이라는 사람은 집이 너무 가난해 등불을 밝힐 기름을 살 돈이 없었다. 그러자 그는 수십 마리의 반딧불을 잡아다 얇은 주머니에 담아 그 빛으로 밤을 새워 책을 읽어 이부상서라는 높은 벼슬에 올랐다. 또한 손강이라는 사람도 역시 돈이 없어 책을 보기 위해 겨울의 하얀 눈빛으로 책을 읽어 어사대부라는 벼슬까지 올라갔다. 이들이 이처럼 어려운 가운데서도 책읽기를 게을리 하지 않은 것은 바로 책속에 삶의 비결이 있기 때문이다.

나는 운명적으로 책을 읽게 된 경우이다.

군인이었던 아버지는 여섯 살인 나에게 부하 사병을 선생님으로 붙여주셨다. 한글을 읽기 시작하면서 새로운 세계가 열리는 경험을 했다. 나의 독서력을 획기적으로 증가시켜 준 것은 만화였다. 마침 함께 살고 있던 작은 삼촌이 만화가게 집 딸과 사귀는 바람에 매일매일 나를 안고 그곳으로 갔다. 글과 그림이 있는 만화는 금세 내 인식의 폭을 넓혀 주었다.

소년잡지도 구독을 하고 이웃집에 있는 아이들과 그 잡지를 바꿔 보는 일도 계속되었다. 그뿐만이 아니었다. 읽을거리를 찾아 떠도는 나에게 매일 저녁 배달되어 오는 석간신문이 또한 표적이 되었다. 처음에는 시사만화만 보다가 서서히 옆에 있는 기사들을 읽다보니 거의 국한문혼용체인 신문도 읽는데 큰 어려움이 없게 되었다.

초등학교에 들어가서 체육시간에 아이들이 바깥에 나가 뛰어놀 때 나는 학급문고를 꿰차고 앉아 읽기 바빴다. 한 두 달이면 학급문고 전체를 다 읽어버렸다. 읽기에 대한 갈증은 정말 타는 목마름이었다. 그런 나의 성화에 견디다 못한 아버지는 4학년이나 5학년이 되었을 무렵 나에게 당신의 책장을 열어주셨다.

중학교 들어갈 무렵 이미 나의 독서량은 수천 권에 달하고 있었다. 그랬던 나를 본 중학교 1학년 때 담임선생님은 말했다.

"정욱이 너는 커서 소설가가 되어야 하겠구나."

그 때는 소설가가 꿈이 아니었지만 결국 국문과를 나와 작가가 된 뒤에야 나는 담임선생님을 찾아뵈었다. 선생님은 크게 웃으며 말했다.

"녀석아, 내가 너 소설가 될 거라고 말했지?"

그럼 어떻게 책을 읽어야 할까.

세상의 모든 물건들은 다 사용법이 있듯이 책도 여러 가지 독서법이 있는데 자기에 맞는 독서법을 선택하면 독서가 즐겁고 시간낭비가 되지 않을 것이다.

사색과 메모를 하라.

<논어>에서 삶의 지혜를 얻은 안철수는 독서를 할 때 반드시 사색하라고 한다. 책을 읽었다는 단순한 성취감보다는 책에서 실질적으로 얻을 수 있는 것에 중점을 두라고 했다. 과실수를 심었으면 과일을 따야지 심은 것 자체만으로는 부족하다는 논리다.

안철수는 책을 읽으면서 떠오르는 생각이 있으면 메모를 하고 책을 읽은 후엔 메모만 따로 모아서 정리했다. 안철수는 이 메모가 모태가 되어 오늘날의 그가 되었다.

스스로 생각하는 것이 사색이라면 다른 사람과 같이 생각하는 것이 토론이다.

조선 후기 실학자 연암 박지원은 주변 사람들과 함께 토의, 토론을 통해 독서의 효과를 높였다.

홍대용과 사귀면서 지구의 자전설을 비롯한 서양의 신학문을 연구했고, 북학과 이용후생(利用厚生)의 방법을 토론하였다. '열하일기', '과농소초(課農小抄)', '양반전', '허생전' 등 많은 저서를 쓸 수 있었다.

비판적 시선으로 읽고 분석하라.

원효대사는 책 내용을 그대로 받아들이지 않고 항상 의구심을 가지고 분석하고 의문을 품었다. 그 결과 '대승기신론소', '금강삼매경론' 등의 불교 철학을 새로이 제시한 책을 쓰게 되었다.

명작이라고 알려진 동화책에도 비합리적이고 현대에 안맞는 내용들이 많다.

가장 쉬운 예로 신데렐라를 비판적으로 읽으면 외모지상주의를 들 수 있다. 얼굴만 예쁘면 누군가 와서 도와주고 아무런 노력을 안해도 행복해진다는 잘못된 생각을 비판할 수 있다. 게다가 지극히 남성우월주의적이다. 여자는 그저 예쁘면 왕자님이 온다는 식이다.

명작이라고 절대적으로 좋은 작품은 아니라는 것이다.

한국 문학의 영원한 명작 황순원의 '소나기'를 감히 비판적으로 읽어보겠다.

교과서적으로 해석하면 사랑이 움트는 소년과 소녀와의 미묘한 감정을 통해 성숙해지는 '통과제의'의 시련을 다루고 있다, 정도이다.

그러나 소년의 직접적인 아픔은 마지막에 생략되어 담담하게 처리되었다.

또 소녀는 여러 날 앓다가 약도 변변히 못쓰고 죽었다. 이것은 너무 비현실적이다. 부잣집 딸인데 개연성이 떨어지지 않는가. 죽음을 너무 쉽게 처리하여 그 심각함을 그려내지 못하고 있다.

게다가 소녀의 죽음을 환상적이고 아름답게 미화하여 죽음에 대한 왜곡된 인식을 퍼뜨릴 수 있다.

물 속에 비친 시골 소년은 자신의 검은 얼굴이 싫어서 물 속의 얼굴을 몇 번이고 움키었다고 하는데 시골에 사는 아이의 자기혐오감은 귀농 현상이 일어나는 지금 시대에 맞지 않고 농촌에 대한 편견을 심어줄 수 있다.

이와 관련하여 또 다른 성격의 고정관념은 시골 소년은 소극적이고 서울 소녀는 적극적으로 그린 점이다.

또 원두막에 비가 새자 소년이 자기의 무명 겹저고리를 벗어서 소녀의 어깨를 싸주었을 때 소녀는 비에 젖은 눈을 들어 잠자코 쳐다보았을 뿐, 거부하거나 별다른 행동을 하지 않았다.

여자는 그저 보호의 대상이고 약하게만 그려져 있다.

또 사랑이란 이루어지지 않아야 아름답다는 왜곡된 고정관념을 심어줄 수 있다.

사색을 하고 비판적으로 책을 읽으면 자기의 생각이 자라고 앞선 생각, 남과 다른 생각으로 세상을 꿰뚫어 볼 수 있다.

기적은 놀라운 방식으로 이루어진다

- 〈천국의 열쇠〉 (크로닌)

1급 지체장애인에게 아름다운 한 여인이 다가왔으니 지금의 아내가 바로 그녀다. 주위의 온갖 반대와 질시를 무릅쓰고 그녀는 사랑의 이름으로 나를 구원해 주었다.

아내가 나에게 시집올 때 나는 그녀의 짐들 가운데서 이 책을 발견했다.

크로닌의 〈천국의 열쇠〉. 내가 이 책에 대해 알지 못하자 아내는 어떻게 문학을 전공하는 작가 지망생이라는 사람이 이 책을 읽지 않았느냐고 반문했다.

나름대로 어려서부터 책읽기를 즐기고 수많은 책을 접했다고 자부하는 나였기에 아내가 일독을 권하는 그 작품을 딱딱하고 무덤덤한 종교 서적 가운데 하나로만 여겼다. 하지만 첫 장을 펼치는 순간 나는 그 책의 끝 모를 깊이에 푹 빠지고 말았다.

안세모 밀리와 프랜치스 치섬은 같은 성직자의 길을 가지만 삶은 다르다. 치섬은 가난한 사람과 함께 검소하게 살았고 안셀모는 명예와 부를 추구했다.

이 소설은 너무나 많은 것을 느끼게 하는 감동의 연속이었기에 그 감동을 이곳에서 어설프게 토로하고 싶지도 않고, 할수도 없다.

단 하나 언급하자면 하느님은 늘 우리를 사랑하신다는 간단한 진리다. 그렇기에 당신은 결코 우리를 저버리지 않으신다고나 할까. 우리의 뜻하는 바를 이뤄 주신다고나 할까.

액션 배우로 유명한 척 노리스의 자서전 '불평등에 저항하여(Against all odds)'를 보면 가난했던 그는 늘 신앙을 잃지 않고 하느님께 모든 것을 기원하며 살았다. 하느님은 그 기도를 사람이 원하는 때와 원하는 방식이 아닌 당신이 원하는 때에 당신만의 놀라운 방식으로 들어준다는 말을 했다. 이 말은 바로 이 작품 〈천국의 열쇠〉를 꿰뚫는 중요한 가르침이다.

책에서 언급된 대로 '신부가 되기엔 너무나 죄가 없는' 치섬은 강직한 성품과 삶의 고난으로 인해 훌륭한 신부가 될 조건을 잘 갖춘 사람이었다. 몇 번의 위기가 없었던 것은 아니지만 그는 하느님의 뜻을 실천하는 일이라면 무엇이든 순명하는 삶을 살았다. 하느님 역시 그런 그에게 놀라운 방식으로 당신의 은총을 실현하셨다. 가장 대표적인 예가 교회 부지 마련이다.

중국의 오지 가운데 오지인 임지에 떨어진 치섬 신부는 교회 지을 마땅한 땅으로 부자의 땅인 비취 언덕을 갖고 싶어

한다. 그러나 가난한 교회가 그러한 부지를 마련할 큰 자금은 없다. 하느님은 나중에 소유주인 챠가 생명이 위태로운 자신의 아들을 살려준 대가로 땅문서를 보내게 함으로써 치섬의 소원을 들어준다.

챠의 기부로 그 성당은 아름답게 완성되었다. 치섬의 기쁨과 자랑은 두 말할 나위가 없다.

하지만 이것 역시 얼마 후 홍수로 인해 깨끗이 무너지고 만다. 친구인 출세주의자 밀리 신부가 마침 시찰을 나왔을 때 본 것은 성당의 잔해뿐이었다. 그러자 치섬은 말한다.

"그게 바로 사람이 살아가는 일이 아닌가. 인생이란 아무것도 없는 것 위에 그 무엇을 세우는 것일세."

치섬은 그렇게 아무 것도 없는 상태, 한없이 가난한 상태에서 평생을 하느님의 뜻에 맞춰 살아왔다. 하느님은 당신의 방식대로 그의 삶을 놀랍도록 환하게 빛내 주곤 했다.

흔히 이 책을 읽는 사람들은 치섬의 라이벌 혹은 대각으로 밀리 신부를 비교해 읽곤 한다. 그러나 나의 생각은 좀 다르다. 밀리는 그저 치섬의 조연 역할에 불과하다. 밀리가 있기에 치섬의 도덕과 그의 고결한 영혼이 좀 더 빛을 발하지만 밀리가 없어도 이미 치섬의 삶은 충분히 훌륭하다. 절대적인 영혼의 고결함이라고나 할까.

나에게는 거듭되는 사랑의 좌절로 눈물을 흘린 젊은 날이 있었다. 그리고 간절한 기원과 소망을 들어주지 않은 하느님을 원망하기도 했다.

그러나 하느님의 뜻은 다른 곳에 있었다. 미천한 자 가운데서도 가장 미천한 나에게 시집을 와서 아이들 셋을 낳아 정성껏 기르는 아내는 분명 하느님의 과분한 선물이었고 당신의 숨겨 놓은 뜻이었다.

아내와 결혼을 하고, 이 책을 읽은 그해 겨울, 나는 안드레아라는 세례명으로 영세를 했다. 그리고 모든 것을 하느님께 맡기는 삶을 20년 가까이 이어오고 있으니 내 삶도 당신의 놀라운 방식으로 풀려나가고 있는 셈이다.

현재를 부정하는 자기 혁명이 필요하다

- <홍명희 역사소설> (임꺽정)

임꺽정은 역사상 실재 인물이다. 16세기 중반 경에 의적으로 이름을 날린 전설적 인물인 것이다. 임꺽정이라는 희대의 인물을 홍명희가 소설로 그린 것이 바로 유명한 <임꺽정(林巨正)>이다.

홍명희는 이광수, 최남선과 함께 조선의 세 천재로 불리던 사람이다. 그의 유일한 역사소설인 이 작품은 오늘날까지도 역사소설 가운데서 대표적인 작품의 하나로 꼽힌다.

작품의 대략적인 스토리는 양주에서 태어난 백정의 자식 임꺽정이 자신과 비슷한 신분의, 뛰어난 능력을 가진 사람들을 규합해 의적활동을 벌이면서 체제에 저항하는 것이다. 청석골 패의 두령이 된 임꺽정은 서울로 몰래 잠입해 기생, 양반딸, 과부 등과 정분을 맺고, 첩으로 삼기도 한다.

가짜 금부도사 노릇을 하면서 봉산 군수를 체포하려 하기도 하고 각 읍을 돌면서 지방의 관원들을 괴롭힌다. 이를 견디다 못한 조정에서 내려 보낸 군사와 서림의 배신으로 임꺽

정이 궁지에 몰리는 것에서 이야기는 끝난다. 미완성의 작품
이다.

이 <임꺽정>의 특징은 그 주인공에 있다.

왕 아니면 유명한 장군들이 주인공이던 다른 역사소설 작
품들과 다른 점은 이 작품에서는 백정인 임꺽정과 그를 중심
으로 한 민중적 영웅들이 나타난다는 점이다.

이 작품에 등장하는 다양한 영웅의 모습은 곧 이 작품이
설화나 전설의 문학적 전통을 계승했다는 것을 의미하기도
한다.

이 작품은 고대 영웅소설의 요건 가운데서 그 어느 것보다
도 주인공들의 탁월한 능력에 초점을 맞추고 있다.

이봉학은 작은 활로 날아다니는 파리를 쏘아 맞출 정도로
그 활재주가 비상하다. 그를 부러워한 박유복은 표창 던지는
기술을 습득해 백발백중의 신묘한 경지를 터득한다. 임꺽정
도 검술을 배우니 그의 괴력까지 더해져 일당백의 영웅으로
서 탁월한 능력을 갖추는 데 손색이 없다.

곽오주의 경우는 차력으로 힘이 장사가 된 박유복과 씨름
을 해서 이길 정도로 엄청난 힘의 소유자다.

길막봉의 경우는 한 술 더 떠서 이런 곽오주를 때려 잡는
힘을 가졌다.

임꺽정의 처남인 황천왕동이는 남들보다 빠른 발걸음을 가
졌고, 장기 실력 또한 국수급으로 그려진다.

배돌석의 경우는 호랑이를 돌팔매로 잡을 수 있다.

그러나 이들은 한결같이 뛰어난 능력의 소유자임에도 불구

하고, 그 미천한 신분 때문에 세상에서 제대로 인정을 받지 못하고 있다. 결국 양반, 상민, 천민의 신분 구분이 확실하던 조선 사회에서 평민 이하의 계급에서 영웅이 나온다 함은 능력을 제대로 인정받지 못해 그 갈 길이 도적이나 반체제적인 인물밖에 없다는 의미다. 이런 여건에서 민중적 영웅인 임꺽정은 출현해 다음과 같이 항변한다.

백정이라구 멸시 천대하는 건 모두 죽어 모르기 전 안 받을 수 없는 것인데, 이것이 자식 점지하는 삼신할머니의 잘못이거나 그렇지 않으면 가문하적하는 세상 사람들의 잘못이니까 내가 삼신할머니를 탓하구 세상 사람을 미워할 밖에. 세상 사람이 인금이 다 나버덤 잘났다면 나를 멸시 천대하드래도 당연한 일로 여기구 받겠네. 그렇지만 내가 사십평생에 인금으루 처다보이는 사람은 몇을 못봤네.(임꺽정 8권 pp.148-149)

인간의 능력은 그 신분으로 결정되어서는 안됨을 그는 자신이 우러러볼 만한 사람이 별로 없다는 말로 대신하고 있다. 그 역시 나중엔 죄 때문에 궁지에 몰려 할 수 없이 입산해 도적이 된다.

평범한 사람과는 다른 탁월한 능력을 가진 주인공들이 그 뜻을 펴지 못해서 도적이 된 뒤에 겪는 투쟁은 필연적으로 그들을 위기로 몰아 넣을 수밖에 없다. 애초에 그들이 위기에 항거하는 자세는 단순한 자기 보호 차원에서 시작되지만 나중에는 그것을 넘어서 체제를 변혁코자 하는 혁명적인 것으로 변화해서 주목된다.

그러나 이 작품은 미완성이어서 그 결말이 어떻게 되는지를 알 수가 없다. 중단된 평산쌈까지의 이야기 전개를 놓고 볼 때, 역사적 사실과의 관련을 생각한다면 임꺽정 일당은 결국 끝에 가서는 토벌되고 말 것임을 짐작할 수 있긴 하다.

결국 이 작품은 역사적 사실이라는 굴레를 완전히 벗어나서 주인공의 승리까지 이끌지는 못할 것임을 알 수 있으나, 다수의 민중 영웅을 등장시켜 새로운 역사관으로 역사소설의 새로운 면을 열었음은 그 자체만으로도 의의를 갖는다고 할 수 있다.

작자인 홍명희는 조선의 정조를 살리려고 이 작품을 썼다고 한다. 이 조선의 정조라는 것보다 우선하면서 가장 중시해야 할 것으로는 계급 의식 및 그 혁명 의지를 들 수 있을 것이다. 다시 말해 그는 역사적으로 유명한 영웅 중심의 역사소설에서 벗어나 하층민인 임꺽정을 주인공으로 삼아 계급적 저항을 그리고자 한 것이다. 이는 해방 뒤에 한 홍명희의 다음 말이 증명해준다.

이조 오백년사를 소설로 그려보고 싶은데 이것을 단순하게 종래 역사소설같이 군주정치 중심과 산만한 기록으로만 하지 말고 좀 더 모든 사건의 배경, 조건, 시대상을 살려서 필연적으로 일어날 수 밖에 없었다는 것을 한번 형상화해보고 싶다.(홍명희.설정식 대담기,『신세대』 23호,1948.5)

역사소설에 있어서 민중이 그 주인공이 된다는 사실은 왕이나 영웅이 주인공이던 역사소설보다는 한 단계 발전된 것임에는 틀림이 없다. 왜냐하면 역사는 어느 한 뛰어난 인물이 이끄는 것이 아니기 때문이다.

<임꺽정>의 경우에도 임꺽정을 비롯한 주변 인물들이 도둑이 되는 과정에서 보면 그들은 개인적인 동기에 의해서나 즉흥적이지 않으면 궁여지책으로 입산하는 것으로 그려져 있다. 진짜 홍명희가 이 작품에서 역사를 이끄는 민중의 모습을 드러내려 했다면 좀 더 그럴싸한 입산 동기가 있었어야 하는 것이다.

결국 작자인 홍명희의 창작 의도는 곧 역사소설이 계급혁명의 수단으로 봉사해야 한다는 기본적인 생각이지만 그같은 것은 작품에서 충분히 드러나지 못한 채 그야말로 조선적인 정조를 보여준다는 명목 아래 주인공 임꺽정의 성격이 통일되지 못했다든지, 잡다한 에피소드가 나열된다는 등의 결점을 갖게 되고 만다.

그러나 홍명희의 『임꺽정』은 역사소설의 배경이 되는 시대의 정조를 살리는 문제도 중요함을 일깨워 주었다. 또한 위인이나 영웅이 아닌 인물을 그리면서 역사를 새롭게 해석해서 상상력의 폭을 무한히 넓혔다. 그 결과 『임꺽정』은 짙은 흥미성으로 독자들의 사랑을 오래오래 받으면서 후대의 『장길산』, 『객주』같은 작품들에게도 많은 영향을 줄 수 있었다.

가난한 입장이 되어보는 것이 아니라 아예 가난해졌다

- <가난한 마음 마더 테레사> (나빈 차올라)

테레사 수녀의 위인전을 쓰기로 어느 출판사와 약속을 하고 자료로 보내준 10여 권의 마더 테레사 관련 책에 휩싸이고 말았다. 그 가운데에서도 가장 먼저 읽은 것이 바로 이 책이다. 가장 먼저 손에 든 이유는 바로 이 책에 많은 사진 자료가 있어서이다. 인도에서 가난한 사람들이 사는 동네에서 평생을 봉사와 사랑을 실천한 테레사 수녀의 모습을 눈으로 볼 수 있기 때문이다.

마더 테레사는 사랑 실천의 대명사인 것은 누구나 알 것이다. 그녀가 그렇게 되기까지 그 이면에 어떤 다른 점이 있었는지 살펴보는 것이 중요하다.

테레사 수녀는 인도 콜카타 수녀원 학교에서 16년 동안 지리학을 가르쳐 교장까지 되었고, 수녀회 안에서 안정되게 생활할 수도 있었다.

하지만 어느 기차 안에서, 고통 받는 인도의 가난한 사람들을 돌보라는 신의 목소리를 듣고 바로 실행에 옮기려 했다.

그러나 가톨릭 교단에서는 정치적 문제, 신변보호문제 등으로 2년이 넘도록 말렸다. 하지만 포기하지 않은 결과 1948년, 말로만 외치던 사랑을 실천에 옮길 수 있게 되었다.

인도인들은 테레사 수녀의 활동을 포교활동으로 여기고 환영하지 않았다. 테레사 수녀는 검은 수녀복 대신 가장 미천한 인도 여인들이 입는 흰색 사리를 입었다. 그녀의 봉사는 종교를 뛰어넘는 위대한 산맥이었다.

테레사 수녀의 순수한 정신이 널리 알려져 많은 후원회가 생겼고 많은 기부금이 들어왔다.

그녀는 기부금 전액을 가난한 사람들을 위해 썼고, 자신은 봉사에 모든 시간을 바쳤다.

테레사 수녀는 1979년 노벨 평화상을 받으면서 시상식 만찬을 거부하고 그 돈으로 가난한 사람을 도와 달라고 했다. 이 점이 일반인들과 다른 점이다.

테레사 수녀와 그 형제들은 자신들이 하는 일을 알리고 안 알리는 차원을 넘어 아예 자신들이 그들과 똑같이 가난해져 버렸다. 가난한 자들의 입장이 되어 보는 것이 아니라 아예 가난한 자가 되어버렸다. 어느 사랑이 이것보다 더 위대할 것인가.

나환자들이 철도 옆의 공간에서 머무르며 죽어갈 때, 대부분의 사람들이 그들을 쫓아내려고만 할 때 테레사 수녀는 말했다.

"철도길 옆 바로 그들이 누워 있는 자리에 나환자촌을 지어 주세요."

그리고 거기에 수녀들을 보내 그들을 돌보게 했다.

나는 한때 장애인 시설에서 생활한 적이 있다. 그때 알량한 물품들 들고 위문이랍시고 온 사람들의 행태를 조금 안다. 그들은 아주 작은 것을 주면서 엄청난 생색으로 우리를 괴롭혔다. 주는 기분만 중요하고 받는 굴욕감은 전혀 안중에도 없었다.

가난한 사람 가운데서도 가장 가난한 사람에게 쏟은 테레사 수녀의 사랑은 그렇기에 우리의 영혼 깊은 곳에 숨어버린 양심을 건드린다.

테레사 수녀는 말한다.

자신의 행위가 바다처럼 많은 검은 물에 맑은 물 한 방울 떨구는 것일지라도 고통을 덜 수 있다면 계속 하겠노라고.

이 책은 우리에게 말한다.

우리 모두가 맑은 물 한 방울이 된다면 이 세상이라는 검은 흙탕물이 맑은 감로수가 되는 것을 볼 수 있다고.

솔직히 말하면 강해진다

- 〈표해록〉 (최부)

중학교 때 한문 선생님은 아주 후덕한 분이셨다. 연구부장이라 수업을 맡을 일은 없었지만, 가끔 한두 과목을 배정 받으셨는데 그 학기에는 학급에 들어오셨다. 어느 날 선생님이 숙제를 내셨는데, 숙제 안 해온 아이들이 십여 명 가까이 되었다. 한 녀석씩 불러내 왜 숙제를 안 했느냐고 물었다. 아이들은 대부분 거짓말로 둘러댔다. 친척집에 갔어요, 제사가 있었어요, 아팠어요, 깜빡 잊고 노트를 안 가져 왔어요…… 그 때, 마지막 순서에 서 있던 녀석은 똑같은 질문에 이렇게 대답했다.

"죄송합니다. 게을러서 못했습니다."

우리들은 그 녀석이 곧 선생님에게 치도곤을 당할 거라고 생각했다. 그런데 선생님은 의외로 감동한 얼굴이 되어 말하는 것이 아닌가.

"내가 이렇게 정직한 대답을 들을 줄은 몰랐다."

그 때 내 가슴속에는 잔잔한 감동이 일었다. 당장을 모면하기 위해 거짓말을 하면 순간은 편안할지 모르나 자신을 속였다는 사실만은 영원히 지워지지 않는다. 정직함은 우선적으로 자신에게 떳떳해지는 것이다. 당장은 고통스럽더라도, 정직함으로 인해 스스로 마음을 비우고 궁극적으로는 나의 있는 그대로를 보여줌으로써 오히려 강해지는 것이다.

<표해록>이라는 책은 최부라는 조선의 선비가 제주도에서 고향으로 돌아가려다 난파해서 중국까지 흘러간 이야기다.

날이 흐리고 어두컴컴했다. 서쪽으로 잇닿아 겹친 산봉우리가 하늘을 버티고 바다를 둘러쌌는데 살림집이 있는 듯했다. 산 위에 봉수대가 죽 늘어서 있는 모습이 보이니, 기쁘게도 다시 중국 땅에 도착한 것이었다. 배 여섯 척이 우리 배를 빙 둘러쌌다. 정보 등이 신에게 청했다.

"전날 하산에 이르렀을 때 벼슬아치의 위엄을 보이지 않았기 때문에, 해적을 불러들여 죽을 뻔했습니다. 이런 상황에서는 임기응변의 수단을 택해야 할 것입니다. 저들이 보도록 관복과 관모를 갖춰 주십시오."

신은 이를 거절하였다.

"상복을 벗고 평상복을 입는 것은 효가 아니고, 거짓으로 남을 속이는 것은 신의가 아니다. 차라리 죽음에 이를지언정 효와 신의가 아닌 일은 차마 할 수가 없다. 나는 운명을 받아들이겠다."

안의가 다가와 청했다.

"제가 일단 이 관복을 입어 벼슬아치처럼 보이겠습니다."

그것도 거절했다.

"안 된다. 만약 저들이 우리를 관청으로 데려가 공술서를 받게 한다면 무슨 말로 답변하겠는가? 조금이라도 정직하지 못하면 저들은 반드시 의심할 것이다. 정도를 지키는 것이 최선이야."

최부는 중국이라는 낯선 땅에 흘러갔지만, 자신이 상중(喪中)이기 때문에 상복을 벗고 관복을 입어서 위엄을 떨치는 것이 거짓임을 알고 있었다. 할 수 없이 있는 모습 그대로 중국 관원들을 만난 최부 일행은 왜구로 오인을 받기도 했다.

중국 사람들에게 억울하게 매를 맞기도 하면서 죽을 뻔한 걸 도망쳐 나왔다. 하지만 그는 이토록 자신에게 숨기는 바가 없었기에 중국인들을 만나도 떳떳하고 당당했다. 그의 이런 올곧은 정직함은 중국인들도 감탄케 하는 것이었다. 다른 나라에 표류해 갔으면 대개는 살기 위해 되는대로 거짓말을 하게 된다. 그러나 최부는 역으로 자기 자신을 속이지 않는 길을 택함으로써 목숨을 건졌다. 그리고는 길고 긴 중국 땅을 에돌아 고국으로 다시 돌아올 수 있었고, 중국 황제에게서 많은 선물을 받아 왔다. 그리고 이렇게 글로써 자신의 경험을 남겼으니 정직함의 대가는 훗날 오래도록 기억되었다.

현지화는 강하다

– <이누이트가 되어라> (이병철)

수년 전 모 기업의 일본 지사장인 친구를 만난 적이 있었다. 친구는 그곳 생활 몇 년만에 용모부터 생활방식, 언어 등에서 철저하게 일본 사람처럼 변해 놀라움을 주었다. 그게 소위 자기네 회사에서 말하는 현지화라는 거였다. 현지화만이 살아남을 수 있는 유일한 방법이기에 친구는 그렇게 살고 있었다.

세계 최초로 북극을 단독 탐험한 일본의 탐험가 우에무라 나오미는 탐험의 의미를 새롭게 해석하고 그에 따른 방법론을 찾아낸 사람이다.

탐험의 의미는 극지에 가서 장렬히 죽는 것이 아니라 살아 돌아오는 데 있음을 그는 간파했다. 탐험도 그렇다. 어떻게 해서든 살아 돌아와야 그 경험을 공유하고 다른 사람에게 도움이 되며 인류의 지식 창고에 새로운 정보 하나 더 축적하는 것이다. 죽으면 아무 소용없다.

나오미는 북극을 탐험하기 위해, 그것도 혼자 해내기 위해 이미 북극권에 살면서 수 천년간 훌륭하게 적응한 이누이트 (소위 에스키모라는 명칭으로 비하되는 원주민)들의 삶의 방식을 받아들인다. 생고기를 먹고, 그들의 복장을 하고, 조종법을 배워 개썰매를 타고 북극을 탐험하기로 결심한 것이다. 자신의 삶의 방식을 완전히 바꾸고 버려서 새롭게 적응했다.

이 책은 그런 나오미의 북극 탐험 과정을 세세하고도 흥미진진하게 그려냈다. 군더더기 없는 문장과 박진감 넘치는 사건 전개는 독자들을 미지의 세계로 이끌며 꿈과 용기를 북돋아 준다.

탐험가 나오미는 혼자 북극의 얼음 위에서 12,000킬로미터를 달렸고, 313일간 썰매를 몰았다. 수 십 마리의 썰매개들이 죽었거나 갈렸고, 오로지 안나라는 암캐 한 마리만이 여행을 함께 마무리했다. 실로 엄청난 인간 승리가 아닐 수 없다.

그러면서 이 책은 이누이트들이 자신들이 삶의 방식을 버리고 문명화하는 아쉬움도 그려내고 있다. 캐나다나 알래스카에 사는 이누이트들은 오히려 자기들보다 더 이누이트다운 나오미를 보며 감탄하는 아이러니를 드러낸다. 사냥할 줄도 모르고 개썰매를 끌 줄도 모르는 그들의 모습에서 전통의 단절을 다시금 생각해본다.

여러 가지 장점에도 불구하고 이 책은 약간의 아쉬움도 남긴다.

나오미의 대표적 업적은 북극의 단독 탐험인데 책의 내용 대부분은 그린란드의 야콥슨하운에서 캐나다를 거쳐 알래스카까지 연안을 따라 간 예비 탐험이 차지하고 있다. 무슨 이유에서인지 정작 중요한 북극 탐험은 간략히 소개된다.

　게다가 세계사적으로 탐험의 의미는 일차적으로 인간의 한계 극복일 수 있지만 결국은 제국주의적 사고방식에 의한 식민지 확장이고, 새로운 영토의 개척임을 간과했다. 아쉬움이 남는다.

　사족이지만 표지의 채찍을 왼손으로 휘두르는 그림도 좀 더 생각했더라면 좋을 뻔했다.

서유기의 교훈은 포기하지 말라는 것

- <서유기> (오승은)

어린 시절 재미있게 읽었던 것은 아동문학전집이었다. 그때 읽었던 책 가운데 하나가 <서유기>다. 만화영화로도 여러 차례 나온, 언제나 인기 있는 아이템이었다. 손오공이 마법을 부리고 요괴들과 싸우며 삼장법사를 지켜내는 이야기는 그야말로 재미의 보고였던 것이다.

어른이 되고 난 뒤 서유기는 수백, 수천 년 동안 읽혀온 동양문화의 정수가 녹아 있는 작품임도 알게 되었지만 다시 손에 들지는 못했다. 할 일도 많고 바빴으며, 무엇보다 요괴들이 나오고 손오공이 재주부리는 것은 그저 어린아이들이나 읽는 이야기라고 치부했기 때문이다.

그러나 최근 우연히 서유기를 다시 읽게 되었다. 어른이 된 뒤 다시 읽다보니 어린 시절에 보지 못했던, 혹은 놓쳤던 금과옥조(金科玉條)들이 그 안에서 쏟아져 나오는 게 아닌가. 요괴를 무찌르는 권선징악이 어린 시절에는 서유기의 주제인 줄 알았다. 아니면 불법(佛法)을 이루는 부처님의 가르침이거나.

166

다시 읽은 서유기는 전혀 다른 식의 감동을 전해주었다. 손오공은 그 긴 이야기 속에서 수십, 수백 번을 요괴들과 맞서 싸운다. 삼장법사가 요괴들에게 잡혀갈 때마다 손오공은 그들과 싸우며 고군분투한다. 저팔계와 사오정이라는 동생들이 있지만 아무 짝에도 쓸모가 없다. 결국 모든 사건은 손오공이 직접 해결해야만 하는 것이다. 이 과정에서 손오공은 죽기도 하고 죽었다가 다시 살아나기도 한다. 정말 이렇게 고생할 수가 없을 정도로 심하게 고초를 겪는다. 심지어는 삼장법사에게까지도 오해를 받아 고향으로 돌아가 버린 적도 있다. 그러다가도 삼장법사가 요괴에게 잡혔다면 다시 털고 일어나 싸워 무찌르고 그를 구해냈다.

거듭되는 요괴들의 기습과 삼장법사를 구해내는 이 고통은 바로 우리들의 인생 그 자체였다. 오늘 밥을 먹었다고 내일 안 먹을 수는 없다. 끊임없이 반복되는 일상에서 우리는 각자의 삶을 유지하고 지켜내려 애쓴다.

서유기의 교훈은 바로 그거였다. 어떤 일이 있어도 포기하지 말라는……. 결국 손오공은 포기하지 않는 집념으로 천축국에 도착하고 삼장법사는 해탈하여 불경을 가지고 돌아온다.

우리도 우리 삶의 불경을 가지고 돌아와야 한다.

문학은 모든 콘텐츠의 시작이다

.

대학 시절, 학보에 시사만화와 만평을 그렸던 인연으로 아들의 학교 만화창작반 명예교사가 되었다. 첫날 학교에 가보니 만화에 관심이 있다는 중학생 20여명이 교실에 앉아 있었다. 아직 얼굴에 어린 티가 가시지 않은 중학교 1학년짜리들에게 만화를 지도하는 일은 낯설고 어색했지만 나름대로 보람있기도 했다.

국어 과목을 맡고 있다는 담당 교사는 그 학교에서 글재주가 있는 아이들을 나에게 소개했다. 자기 반 반장인 김군은 일본 작가 무라카미 하루키의 소설 '상실의 시대'를 읽고 감상문을 제법 진지하게 써왔다. 그런데 그 수준은 고등학생 이상이었다. 대화를 해보니 제법 많은 독서량에다 집중력도 남달랐다. 지금부터 갈고 닦는다면 훌륭한 재목으로 클 가능성이 있었다. 나는 김군에게 만일 문학에 뜻이 있고 글을 쓰는 일이 정말 재미있게 느껴진다면 조언을 해주겠노라는 의사를 부모에게 전달토록 했다. 소질을 발견해 인재로 기르는 문제는 가장 먼저 부모의 동의가 있어야 하기 때문이다.

그러나 역시 예상했던 대로 김군 측에서는 아무런 연락이 없었다. 비슷한 경우의 다른 학생들도 마찬가지였다. 씁쓸한 심정이 될 수밖에 없었지만 부모들의 마음을 짐작 못할 바도 아니다.

시문을 써서 관료를 뽑던 조선시대도 아닌 요즘, 문학은 더 이상 이 사회의 주류가 아니다. 이른바 잘 나가면서 인기 있고 돈 많이 벌려면 벤처기업을 해야 하고, 연예인이 되거나 운동을 해야 하며, 고시에 합격하든지 줄을 잘 서서 출세가도를 달려야 한다. 문학·예술 분야는 학급에서 1, 2등을 다투는 머리 좋고 공부 잘하는 학생들이 갈 곳이 아닌 것이다. 재력 있고 자식을 전폭적으로 지원할 능력이 있는 부모들이 관심을 두는 분야도 아니다.

얼마 전 다녀온 베이징(北京) 도서전에서 나는 한국 문화의 힘을 일단이나마 확인했다. 언제나 우리의 선배이고 교사였던 일본, 이름만 들어도 주눅들게 하던 쟁쟁한 출판사들이 진을 친 그들의 부스가 썰렁하게 파리를 날릴 동안 한국의 부스는 몰려드는 해외 출판 관계자들로 1주일 내내 북적거렸다. 그들은 한국의 동화와 만화, 심지어는 잡지에까지 열띤 관심을 보이며 판권 계약을 하려고 혈안이 돼 있었다. 애써 태연함을 가장했지만 초조함을 감추지 못하는 일본 출판인들의 모습은 역사에 영원한 승자가 없듯이 문화에도 영원한 패권이 없음을 단적으로 보여주었다.

꾸준한 국력 신장과 월드컵 등의 행사로 이제 한국을 모르는 나라는 없다. 중국을 비롯한 동남아시아에서도 한국의 영화·음악·드라마가 큰 인기를 얻고 있다. 이른바 한류의 열풍이다. 몽골의 수도 울란바토르의 칭기즈칸 호텔에서 커피숍 여종업들이 손님이 가도 아랑곳하지 않고 시청하는 텔레비전 프로그램이 한국말이 그대로 들리는 '겨울연가'였던 기억이 난다. 그들에게 어느새 한국은 아름다운 나라, 가보고 싶고, 보고 배우고 따라 하고 싶은 나라, 그들의 문화를 향유하기 위해 돈을 지불해도 아깝지 않은 나라가 돼 있었다.

이제는 문학을 다르게 보아야 한다.

문학을 1920년대 가난한 폐병 앓는 이미지에서 벗어나 순수문학, 대중문학이라는 도식적인 이분법에서도 벗어나 문화라는 넓은 틀로 봐야 한다.

이제는 책을 한 권 출간하거나 영화·드라마 한 편을 찍더라도 아시아, 더 나아가 전 세계인들의 심금을 울릴 것을 염두에 둬야 한다.

그런데도 공부 잘 하고 똑똑하며 재능 있는 청소년들이 기꺼이 몸을 던질 곳이 문화·예술 분야라고 말하면 글 쓰는 재주밖에 없는 백면서생의 견강부회일까? 그 가운데서도 모든 콘텐츠의 시작이면서 끝은 바로 문학, 글 쓰는 행위라고 말하면 궤변일까?

그렇다고 해도 할 말이 없긴 하다. 소설가인 내가 뜻하지 않던 만화창작반을 맡게 된 진짜 이유는 문예창작반에 단 한명의 학생도 지원하지 않았기 때문이니까.

죽음을 알면 비로소 삶이 보인다

- 〈사후생〉 (엘리자베스 퀴블러 로스)

지난달 미국에 계신 장인어른이 돌아가셨다. 지병에 노쇠함이 겹쳐 평화롭게 눈을 감으신 거였다. 막내딸인 아내가 갈 때까지 기다렸다가 비로소 눈물을 한 줄기 흘리며 운명하셨다는 장인어른. 내가 죽음에 대해서 깊이 고민하기 전이었다면 섭사리 받아들이기 어려웠을지도 모른다.

최근에 나는 죽음에 관한 작품을 쓰기 위해 관련 저서들을 섭렵했다. 그 가운데 가장 확실하고도 분명하게 죽음에 대해 이야기해 준 책은 바로 이 책 〈사후생〉이다. 사실 나는 죽음을 받아들이는 법칙에 관심이 있다기보다는 죽음 이후가 어떨까 궁금했다. 물론 죽었다 살아 온 사람이 있어서 죽음을 말해주는 법은 절대 없다.

스티븐 호킹의 경우는 사람이 죽으면 그것은 곧 컴퓨터의 전원이 나가고 수명이 다한 것과 마찬가지라고 했다. 아무것도 없는 무(無)의 상태라는 말이다. 과학의 견해에서 보면 그럴 수 있다.

그러나 인간이 진정 과학의 이론과 설명으로 납득이 되는 존재인가 생각해봐야 한다. 인간에게는 육체를 기반으로 하는 영혼이 있다. 영혼이 있기 때문에 과학적인 설명만으로는 죽음의 문제가 해결이 되지 않았다.

이 책은 인간이 살아 있는 동안 최선을 다해 사랑하고 학습하며 자신의 삶을 가꿔야 한다고 강조한다. 그것이 이 땅에 우리가 온 사명이고 소명이다. 그러나 대부분의 사람들이 그러한 삶의 의미를 깨닫지 못하고 죽음 이후에는 아무것도 없으며, 살았을 때가 전부라는 생각으로 쾌락에 탐닉하고 자기중심적인 삶을 살고 있다.

한번 죽었다 다시 살아난 임사체험자들의 이야기가 이 책에 나온다. 그들의 임사체험 경험이 과연 진짜인지 아닌지는 알 수 없지만 분명한 것은 그들이 다시는 죽음을 두려워하지 않게 되었다는 점이다.

그리고 기존의 살아오던 삶의 방식을 180도 바꾸어 새로운 삶을 살게 된다고 한다. 그것만 봐도 죽음을 알고 죽음을 받아들이며 이해할 때 우리의 삶이 올바른 것이 된다는 점에는 털끝만큼의 의문이 없다. 죽음을 두려워하고 죽음을 잘 맞이하려고 할 때 우리의 삶은 보다 값지고 소중한 것이 되기 때문이다.

학교에서는 어떻게 살 것인가는 가르치지만 어떻게 죽을 것인가는 가르치지 않는다.

'죽음학'이라는 것도 있는 모양인데 우리나라에는 없고 외국에 있다.

어떻게 죽는 것이 위대한 죽음일까?

불꽃처럼 공익을 위한 분신자살? 끝까지 평범하게 살다가 조용히 죽는 죽음? 위대한 업적을 남기고 가는 존경받는 죽음?

어떻게 죽을지 생각하다보면 어떻게 살아야 할지 고민하게 된다.

죽을 때 많은 사람들이 울어주는 사람이 되기 위해 살아간 다면 어떻게 살아야 하는지 답이 나올 것이다.

죽음에 대한 새로운 관점을 생각한다.

죽는다고 슬프고 살아 있다고 기쁜 것이 아니라 죽은 듯 살아가는 것이 슬프고 미련없이 위대하게 죽기 때문에 기쁜 것이다.

저자는 이 책에서 분명히 말한다. 죽음은 우리에게 주어진 크나큰 선물이며 잘 준비해서 아름답게 받아들여야 할 것임을. 죽음을 준비하고 죽음을 값지고 아름다운 것으로 만들려면 우리는 지금 당장 세상을, 내 이웃을, 내 가족을, 그리고 나를 사랑하는 데 나의 온힘을 쏟아야 한다.

내가 권하는 책

내가 만나는 대학 신입생들은 무슨 책을 읽으면 좋겠냐고 물어온다. 반가운 일이다. 이왕이면 선배나 스승들이 먼저 읽어보고 검증한 책을 골라 읽음으로써 시행착오를 줄여 보겠다는 현명함이 거기에 있기 때문이다.

그렇다면 어떤 책이 대학 신입생에게 권할 만한가. 어차피 내가 문학을 전공한 사람이고, 소설을 쓰는 사람이니 그 범주를 거기에 맞춰 좁혀보자.

먼저 신입생은 대개 자기 정체성을 상실한 경우이기 십상이다. 내가 누구인지, 나는 무엇을 목표로 살아야 하는지 갑자기 밤길에 앞사람의 꼬리를 놓친 기분일 수가 있다. 그런 학생들과 자신의 영혼의 문제, 인간 내면의 소리에 귀기울이며 불꽃 같은 삶에 대해 고민하는 친구들에게는 니코스 카잔차키스의 작품들을 권하고 싶다. 그의 〈그리스인 조르바〉는 자신의 갈길에 대해 번민하는 지식인의 회색 뇌세포에 자연의 건강함을 불어 넣었다. 물론 그의 다른 작품들도 다 훌륭하다. 〈그리스도 최후의 유혹〉, 〈예수 다시 십자가에 못박히다〉, 〈성프란

치스코>, <완전한 가난을 위하여>, <오디세이야> 등등. 자신에게 도전장을 던지고 한판의 승부를 겨루려는 학생이라면 읽고 만족할 것이다.

우리 것에 관심 있는 학생들에게는 이우성, 임형택 선생이 번역한 <이조한문단편>이 도움이 된다. 조선 후기의 야담들을 번역 정리한 것들인데 오늘날 역사소설로 이름을 날리는 작가들이 다 이 책의 영향권 안에 있다고 해도 과언이 아니다. 필자의 경우는 전공 시간에 일부분을 공부했는데, 나중에 아예 세 권을 붙들고 옛날 이야기책 읽듯 통독을 했다. 다른 건 다 젖혀두고 그 흥미만을 놓고 보더라도 알량한 요즘 소설책들이 따라갈 수 있는 것이 아니다. 조선 후기 서민들의 삶과 애환이 그야말로 생생하게 드러나 있는데 그게 오늘날까지도 유효하니 놀랍다.

길들여진 것을 거부하고 뭔가 새로운 길을 모색하며 나만의 독창적인 삶의 방식을 꿈꾸는 학생이라면 기존 리얼리즘 소설의 전범을 깨뜨리는 작품들을 읽는 것도 의미있는 일이다. 사실 우리가 소설이나 문학작품은 이런 것이리라 하고 길들여진 시각들이 대개는 리얼리즘의 덕목인 때문이다. 지금 많은 작가들이 기존 소설의 한계를 극복하기 위해 노력하고 있다.

하일지의 <경마장 가는 길> 연작이나 서정인의 <달궁>, 밀란 쿤데라의 <불멸>, 아니면 포크너의 <압살롬, 압살롬> 같은 작품들이 혼란스러움과 함께 새로운 인식의 지평을 열 것으로 기대한다.

그리고 진정으로 문학의 거대한 산맥과 만나는 독서를 하고 싶은 학생이라면 역사소설들을 독파하라고 권하고 싶다. 벽초 홍명희의 〈임꺽정〉, 황석영의 〈장길산〉, 김주영의 〈객주〉, 박경리의 〈토지〉, 박태원의 〈갑오농민전쟁〉, 이기영의 〈두만강〉, 조정래의 〈태백산맥〉, 숄로호프의 〈고요한 돈강〉 등이 권할 만하다.

나의 경우도 리포트로도 책을 읽고 독후감 써오는 숙제를 가끔 내는데 일부 영악한(?)학생들이 아예 남의 것을 베껴 내는 바람에 요즘은 그만두었다. 그렇다고 해서 그 작품들의 가치까지 언급하지 말아야 할 것은 절대 아님을 잊지 말자. 특히 〈임꺽정〉이나 〈객주〉 같은 작품들은 학생들의 어휘력을 높여주는 데에도 일조를 하는 작품들이다.

4부

가족은 위대하다

가족은 멋진 팀 플레이가 가능하다

겨울방학 때의 일이었다. 아이들에게 세상 구경도 시킬 겸 우리 가족은 처가가 있는 미국을 방문했다. 한 달 정도 예정이었지만 나는 한국에 강연계획도 잡혀 있고, 써야 할 원고도 밀려 있어 오래 머물지 못하고 먼저 돌아와야 했다.

공항까지의 거리는 제법 먼데다 교민들의 삶이라는 게 빡빡한 것이어서 미국의 친척들이 도와주지 못하니 남게 되는 우리 가족들이 나를 공항까지 데려가야 할 상황이 되었다. 아침 일찍 뜨는 비행기를 타야만 하기에 새벽같이 집을 나와야 했지만 미국 지리에 아직 익숙지 못했던 아내는 프리웨이에서 공항으로 들어가는 진입로를 놓치고 말았다.

공항에서 비행기를 타려면 최소한 두 시간 전에는 도착해야 하는 게 상식인데 이미 시간은 한 시간 정도밖에 남지 않았다. 속으로는 조바심이 가슴을 쳤지만 어쩔 것인가. 낯선 곳에서 운전하는 아내에게 닦달해봐야 위험하기만 할 뿐. 결국 한 바퀴 빙 돌아 다른 출구를 찾다보니 시간은 자꾸 흘러가고 있었다.

아리조나 주의 피닉스 스카이하버 국제공항은 터미널이 여러 개 있는 복잡한 공항이다. 게다가 나는 미국 국내선을 이용해 로스엔젤레스 공항에 가서 다시 국제선을 타야 하는 처지였기에 만일 이 비행기를 놓치면 아주 난감해진다.

공항을 한 바퀴 돌아 우리는 마침내 공항터미널로 들어갔다. 3번 터미널에 내려 휠체어 탄 나를 막내딸이 밀고, 큰딸은 슈트케이스를 끌었다. 그리고 힘이 가장 센 아들은 미국에 가져갔던 나의 일거리들과 책, 원고 등이 들어 있는 박스를 들었다.

아내가 주차장에 차를 대러 간 사이, 나는 허겁지겁 카운터로 갔다. 그런데 아뿔싸, 1번 터미널로 가야 한다는 것이 아닌가. 잘못 간 거였다. 나는 이미 비행기를 놓쳤다고 생각했다. 미국은 9.11 테러 이후로 보안검색이 엄청나게 심해졌는데 그 시간을 지체하다 보면 비행기는 떠나고 말 것 같았기 때문이다.

"어쩌지?"

내가 당황하는 것을 보자 아들이 말했다

"아빠, 저쪽에 1번 터미널로 가는 연결통로가 있다는데요?"

"어디?"

"저기 써 있잖아요."

정말이었다. 1번 터미널로 연결되는 통로가 있었다.

"빨리 가보죠."

"그래, 가보자. 끝까지 최선을 다해봐야지."

다시 우리는 뛰었다. 아무도 신경 쓰지는 않았지만 볼 만한

179

구경거리였을 것이다.

　가장 큰 걱정은 1번 터미널이 얼마나 멀리 있는지 알 수 없다는 거였다. 미국은 또 땅덩어리가 얼마나 넓은가. 시간은 촉박하게 흘렀고, 새벽공기는 건조하고 차가웠다.

　허겁지겁 1번 터미널로 들어가니 이미 승객들이 다 탑승해 로비는 썰렁했다.

　"미안해요. 좀 늦었는데……."

　카운터를 지키는 덩치가 산만한 흑인여성은 어깨를 들썩하더니 말했다.

　"아직 비행기는 떠나지 않았어요."

　휴, 하고 한숨을 내쉰 뒤 가방과 짐을 부치고 비행기 타는 출구까지 달려갔다. 차를 세운 아내는 그때쯤 3번 터미널을 헤매고 있을 터였지만 나는 일단 비행기를 타야 했다. 공항 안내요원이 아들에게서 내 휠체어를 인도받아 밀었다. 그제야 나는 세 아이들을 뜨겁게 끌어안아 주며 말했다.

　"고맙다. 너희들 너희들 덕에 비행기 놓치지 않고 탈 수 있겠어."

　"아빠, 조심해 가세요."

　"아빠. 안녕."

　텅빈 로딩브리지를 달려가 내가 타자마자 비행기는 문을 닫고 출발했다. 기내의 미국인들이 모두 날 쳐다봤다. 그러거나 말거나 내 몸은 자동으로 공항 시스템과 비행기에 의해 한국으로 갈 거였다. 이제 남은 문제는 아무 것도 없다.

　비로소 마음이 가라앉으면서 안도의 한숨이 나왔다. 그리고

10시간이 넘는 비행 내내 나는 세 아이가 각자 역할을 맡아 나와 함께 뛴 장면이 자꾸 떠올랐다. 아이들이 운반한 짐 가운데 가장 큰 게 바로 1급 장애인인 나였다. 내가 무사히 비행기에 오르게 한 아이들의 행동은 멋진 팀플레이였던 셈이다. 그 장면이 자꾸 생각나 나는 피식피식 웃지 않을 수 없었다.

가족은 이런 것이다. 힘을 합쳐 각자의 짐을 나눠지고 공동의 목표를 향해 달려가는 것. 비행기를 놓친들 어떠한가. 가족들이 힘을 합쳐서 끝까지 최선을 다하는 것이 중요하다는 것을 깨달았으니 족하다. 지금도 가끔 우리는 그 얘기를 한다. 나는 심지어 세 아이들이 나를 밀고 당기며, 끌고 달려가는 그림을 그려 벽에 붙여 놓고 볼 때마다 웃는다.

·

아내는 너무나 강하다

아내는 강하다. 나 같은 1급 장애인에게 주위의 반대를 무릅쓰고 선뜻 시집온 것만 봐도 알 수 있다. 혼자서 결혼식 날짜도 잡고, 예식장도 그날로 정하고, 드레스에 혼수 모두 스스로 준비해서 나와 결혼했다.

이 땅을 사는 장애인들은 행복의 세 가지 조건인 교육, 직업, 결혼을 이루기가 정말 힘들다.

이 세 가지가 별개인 것 같지만 다 긴밀히 연결되어 있기 때문이다. 나는 다행히도 운이 좋아 일반학교를 다녔고, 작가라는 직업을 가지게 되었고, 이렇게 결혼까지 하게 된 거다. 오죽했으면 젊은 시절 나는 소원이 "고서방" 소리를 들어보는 거였겠는가.

아무튼 우여곡절 끝에 결혼을 했지만 당연히 우리도 아이들을 낳아 길러야 할 터. 욕심 사납게 셋씩이나 낳아 기르니 어찌 바람이 잘 것인가. 아비가 비록 장애인이지만 그래도 당당하고 성실하게 살아가고 있으니 구김살 없고 바르고 착하다는 소리를 자주 듣는다. 나는 우리 아이들은 그렇게 순수하게만

182

자라주길 바랐다. 아무 상처 없이…….

어느 날 아침 나는 문득 아들에게 물었다.

"혹시 학교에서 아빠가 장애인이라고 놀리는 아이들 있니?"

무심코 물어보는 내심은 그 대답이 당연이 '아니오'이길 바라는 거였다. 그런데 돌아온 대답은 정반대.

"네. 있어요."

아들이 심각한 얼굴로 밥 먹던 수저를 놓고 대답했다. 사연을 들어보니 같은 반의 회장과 말다툼을 했는데 녀석이 우리 아들에게 논리로 밀리자 갑자기 아무 상관없는 말들을 들먹이며 기를 죽였다는 거다.

－너희 아빠는 장애인이면서 뭐 잘난 척 하는 거야?

아들은 그 말을 듣는 순간 갑자기 눈물이 왈칵 쏟아지며 엉엉 울고 말았다고 한다.

밥상에 앉은 우리 가족은 모두 말문이 막혔다. 가장 큰 충격을 받은 사람은 바로 나. 설마 했던 우려가 현실이 된 거였다.

그러나 여기서 내가 침울할 수는 없는 노릇. 가장 심각하고 슬픈 일도 애써 우습게 만들며 견뎌내고 넘어가야 하는 것이 이 땅의 아버지들 역할이 아닌가.

"아들, 넌 아빠가 장애인이라서 울었어? 그럼 아빠는 본인이 장애인인데 어떻겠어?"

그 말에 아들 녀석은 어이없다는 듯 피식 웃고 말았다. 그런 친구는 다 철없어서 그런 거니까 개의치 말라고 다독인 뒤 나는 밥을 먹고 집을 나서 집필실로 향했다. 그리고 늘 그렇듯 이내 잊어버렸다. 그건 어린 시절부터 장애인이라고 조롱 받으며 느꼈던 수많은 상처를 견뎌내는 나름대로의 방어기전 이었다.

집필실에 자리를 잡자 아내에게서 전화가 왔다.

"여보, 우리 아들과 다툰 그 녀석 방금 우리 집에 울면서 와 가지고 손이 발이 되게 빌고 갔어."

사연인즉 내가 출근하자 아내는 녀석의 집에 전화를 걸어 조목조목 따진 모양이었다. 그 집 부모는 아내와의 통화 뒤 녀석에게 너같은 녀석은 학교 갈 필요 없다며 당장 우리 집에 가서 사과하고 용서받으라고 등 떠밀어 아들을 보냈다는 거 다. 그래서 녀석은 학교도 안 간 채 눈물콧물 흘리며 우리 집 으로 찾아와 잘못했다고 용서를 빌고 갔단다.

"뭐 그냥 내버려두지 그랬어? 철없는 애들이 그런 걸."

"난 절대 용서 못해."

아내는 그때까지도 분이 안 풀린 것 같았다.

나의 삶은 편견과 차별에 익숙한 이 땅의 모든 시선들에 거 세게 저항하는 것이었다. 그게 내 앞으로의 소명이라 여겼다. 그런데 이제 내 가족들까지 함께 뭉쳐 싸우게 된 셈이다. 물 론 나는 잘못해서 장애인이 된 것도 아니고, 원해서 된 것도 아니다. 그리고 장애인이 된 것 자체가 문제는 아니다. 그런 장애인이 이 땅에서 차별받는 것이 문제일 뿐이다. 이런저런 생각으로 그날 오후는 씁쓸한 시간을 보내야만 했다.

나중에 아들에게 들어보니 반장인 그 녀석은 학교에 가서 우리 아들에게도 사과하고 선생님에게도 말해 자신의 잘못을 고백하고 용서를 빌었단다. 다 아내가 용서를 전제로 시킨 거였다. 그 덕에 아들의 학급 아이들은 장애인에 대한 인식 개선 교육을 야무지게 받은 셈이 되었다. 아내는 참 강한 여자라는 것을 다시 한 번 입증한 쾌거였다.

그런데 요즘 아내는 점점 더 강해지고 있다. 젊을 땐 그게 좋더니 나이를 먹을수록 지혜로운데다 강하기까지 한 아내가 두려우니 이를 어쩌나.

아들의 변화는 여자 친구 때문

아들 녀석은 전형적인 이 땅의 청년이다. 제법 게으르고, 자기 방 청소는 몇 날이고 하지 않아 항상 엄마와 갈등을 일으킨다. 방을 좀 치우라든가 자기 주변을 정리하라는 이야기를 늘 듣기 때문이다. 심지어는 화장실 가서 뒤처리를 잘못해 팬티에 뭐가 묻었다는 소리까지 들려온다. 다 큰 녀석이 더러운 팬티를 내놓는다고 아내는 똑같은 잔소리를 늘 반복한다. 집에 있을 때면 내 귀까지 어지러울 지경이다.

하지만 사내 녀석들이 대개 그렇듯 아무리 잔소리를 하고 정신교육을 시켜도 그러한 지적 사항이 마음 속에 오래 남아 있질 않는다.

아내는 항상 말하곤 했다.

"너 그렇게 해 가지고 여자 친구가 생기겠냐?"

"어유, 왜 그러세요? 저 학교에서 인기 많다구요."

인기가 많다지만 증명해 보이지 못하기 때문에 녀석의 말은 늘 허풍이고 공수표일 수밖에 없었다.

그러던 아들에게 갑자기 여자 친구가 생겼다. 아내의 말에 의하면 소가 뒷걸음질치다 쥐를 잡은 거란다. 학교에서 말없이 공부만 하던 아이인데 얼굴 표정이 늘 어두웠다는 것이다. 조용히 오가는 모습이 마음에 든 아들이 대쉬해서 사귀게 되었다.

"그애 아빠 엄마가 어렸을 때 일찍 이혼했대요."

"그래?"

"그래서 엄마하고 사는데 그 충격으로 여섯 살 때 실어증까지 걸렸대요."

부모는 아이들에게 생명도 주고 사랑도 주지만, 반대로 이렇게 큰 아픔도 준다.

"애는 어때?"

"우울해서 잘 안 웃어요."

내심 걱정이 되었다. 하지만 어쩔 것인가. 이 세상은 수많은 사람들과 섞여 살면서 그들 가운데서 관계가 형성되는 곳이니, 그 관계 속에서 스스로를 키워 나가는 게 인생 아니겠는가.

"그래. 항상 밝고 명랑하게 잘 해줘라."

아들에게 내가 해줄 수 있는 말은 그것뿐이었다.

그런데 변화는 엉뚱한 곳에서 일어났다.

"여보, 이것 좀 와서 봐."

아내가 말 하길래 가서 보았더니 방이 예전의 아들 방이 아니었다. 나름대로 깔끔하게 정리가 되어 있었던 것이다.

"아니, 이게 어쩐 일이냐?"

알고 보니 여자 친구가 깔끔한 성격에다가 정리정돈을 깨끗하게 한다는 거였다. 그걸 보고 아들이 배운 것 같았다.

그러한 여자 친구를 아내가 집에 초대하였다. 정말 얼굴이 좀 어두웠다. 그렇지만 컴퓨터 게임광이어서 만날 컴퓨터를 끼고 살던 아들보다도 오히려 컴퓨터를 더 잘 다뤄서 깜짝 놀랐다. 아들보다 컴퓨터 실력이 좋아서 할 줄 모르는 것을 가르쳐 주기까지 했다.

그리고 무엇보다 놀라운 것은 여자 친구가 오면 보여준다고 방을 똑 소리 나게 아들이 정리한 것이다. 그 사실을 놓고 아내와 나는 한참 웃었다.

"여자 친구가 있으니까, 애가 변해서 좋긴 한데……."

하지만 아내는 벌써 걱정이다. 저렇게 어두운 아이가 나중에 아들의 짝이 되면 어쩔까 싶은 것이다. 그래서 내가 말했다.

"여보, 이제 성인의 문턱에 들어선 아들이야. 앞으로도 인생의 반려를 만나려면 열 명, 스무 명 이상의 여자를 만나보고, 사귀고, 좋은 감정을 가질텐데 뭐가 걱정이야? 그런 과정을 통해서 성장하는 거지. 나를 보라고. 얼마나 많은 여자들이 나를 거쳐갔는데……."

"아이고, 웃기시네. 호호!"

아내는 그런 나를 비웃었다. 말도 안된다는 거다. 1급장애인인 내게 무슨 여자가 많았겠냐는 표정인데 모르시는 말씀이다. 진정한 남녀의 교감이 이루어지면 장애가 있고 없고, 성격의 차이, 가정형편의 기울기는 아무 문제가 되지 않는다.

아무튼 아들 녀석이 갑자기 의젓해지고 뭔가 남성스러워지는 것은 재미있는 관전 포인트였다. 이십 년째 부부생활을 해오는 아빠 입장에서 아들에게 해주고 싶은 말은 남자다운 남자로 거듭날 때 비로소 여자다운 여자를 만날 수 있다는 거다. 그리고 여자는 남자의 거울이고, 또한 남자도 여자의 거울 노릇을 하게 되어 있는 것이 이 세상의 섭리다. 먹는 거 좋아하고, 의지력 약한 아들에게 야무진 여자 친구가 어떤 식으로든 자극을 주고 상호교감을 이룸으로써 각자의 성장에 보탬이 되면 좋겠다.

나중에 손자들을 키워주는 게 소원이라는 아내에게 나는 물었다.

"어때? 여자 친구도 생기는데 손주 봐줄 준비는 됐나?"

"글쎄?"

우리 부부는 아무튼 깨끗해진 아들 방에 들어가 세상이 순식간에 바뀔 수 있다는 것을 다시 한 번 깨달았다. 방에 향수까지 뿌렸으니 말이다.

공부도, 다이어트도 계단식으로

성격 좋은 막내딸이 제법 살쪄 옆구리에 군살이 덕지덕지 붙은 것이 보기 좋지 않았다.

어린 시절, 우리 세대는 그다지 풍족하게 먹지 못한 탓인지 자녀들이 음식 먹는 걸 그리 만류하지 않았다. 아이들이 잘 먹는 걸 보면 내 논에 물 들어간다며 좋아했었다. 그러다 보니 요즘 사회적으로 비만이 큰 문제가 되었는데 우리 집도 예외는 아니다. 아들은 105킬로그램이 넘는 거구가 되었고, 막내까지 맛있게 이것저것 가리지 않고 먹는 탓에 비만의 길로 들어선 것이다.

"너 아무래도 살 좀 빼야겠다. 아빠가 도와줄까?"

말은 그렇게 하지만 나라고 뭐 살 빼는 전문 기술을 가지고 있는 건 아니었다. 그저 아직 어린아이니까 꾸준히 운동하고 음식 조절하는 것을 지켜봐 줄 수는 있다는 정도였다.

녀석도 문제의 심각성을 인식했는지 고개를 끄덕였다. 그날부터 나는 강도 높은 하드 트레이닝을 시작하게 했다. 하루에 줄넘기 천 개, 동네 산책하기, 자전거 타기, 집에서도 몸을 잠시도 가만히 두지 않기, 그리고 육식 좋아하는 식성을 채식으로 바꿔 소식하기……. 내가 아는 지식은 있는대로 총동원해 딸의 트레이너를 자처했다.

안 그래도 활동적인 아이는 하루 종일 얼굴에 땀이 번질번질하도록 줄넘기를 하고 자전거를 탔다. 물론 식사 때는 어른 못지 않게 먹던 음식의 양도 반 이하로 줄였다.

그러자 며칠 뒤 효과는 바로 나타나기 시작했다. 살이 빠지기 시작한 거다. 저울 앞에 체중 기록표를 붙여 놓고 거기에 자신의 줄어드는 몸무게를 기록하는 재미에 딸아이는 푹 빠졌다. 몸무게가 조금이라도 줄면 기쁜 얼굴로 쫓아와 자신의 몸무게를 온 가족에게 큰 소리로 알렸다. 반면에 제 자리에 머물거나 조금이라도 늘면 시무룩해져서는 아무 말도 하지 않았다.

인고의 과정을 거쳐 아이의 몸무게는 계속 줄더니 두어 달이 지난 지금 정상체중에 가깝게 되었다.

그러자 파급효과는 엉뚱한 곳에서 왔다. 거구의 아들이 갑자기 자신이 채식주의자가 되었음을 선언한 거다. 언제 공부했는지 채식주의자의 종류, 철학적 이념의 바탕 등등을 설파하더니 고기는 물론이고, 계란, 우유까지 딱 끊었다. 비만은 만병의 근원인지라 어떤 식으로든 노력하는 모습 보여주길 바랐는데 그 결과는 아주 극단적이었다.

식탁에 함께 앉을 때마다 아내와 아들은 사뭇 전쟁이었다. 생선은 먹어도 된다며 권해도 아들은 요지부동, 일체의 육식을 거부했다. 곁에서 보고 있는 내가 다 스트레스를 받을 지경이었다.

"여보, 그냥 내버려 둬. 모처럼 의지를 가지고 살 좀 빼보겠다는데……"

내가 중재라도 할라치면 아내는 대뜸 과민한 반응을 보였다.

"아니, 그래도 단백질은 보충해야 할 거 아냐?"

그러면 또 다른 논리로 무장한 아들이 나섰다.

"엄마, 콩과 두부로도 단백질은 얼마든지 보충할 수 있어요."

결국 나는 부족한 영양을 보충할 수 있는 적절한 비타민제를 권해주는 선에서 빠지고 말았다. 그 덕에 아들은 식탁에서도 자신만의 섬을 만들었다. 야채 샐러드가 주식이 되었으니 고기에 생선, 햄 등등을 거리낌없이 먹는 나머지 식구들과 분명하게 선을 그은 셈이다. 음식을 함께 나누는 즐거움은 줄었지만 살이 빠짐에 따라 조금씩 갸름해지는 아들의 얼굴을 보는 건 또 다른 기쁨이었다.

그러자 내심 고집이 센 큰딸도 약간의 자극을 받는 것 같았다. 동생이 달리기를 하면 함께 뛰기도 하고, tv를 볼 때도 서서 스트레칭을 하면서 요가의 자세를 취했다. 그러나 녀석은 기본적으로 큰 키에 늘씬한 몸매를 가지고 있어 탤런트나 모델처럼 극단적으로 마른 몸매를 가질 필요는 없었다. 그걸 알고 있어서인지 큰딸 역시 그다지 다이어트나 운동에 집착하지 않았다.

결국 세 아이 모두 어떤 식으로든 체중조절과 다이어트에 나선 셈인데 문제는 아무리 열심히 식이요법을 하고 운동을 해도 체중이 쉽게 눈에 띌 만큼 감소하지 않는다는 사실이다. 일찍 다이어트를 시작한 딸의 체중은 두어 단계의 하강을 거쳐 지금은 45킬로그램. 채식을 시작한 아들은 100킬로그램 정도로 내려왔다.

공부도 그렇고 다이어트도 그렇다.

실력이나 기능 향상의 공통점은 바로 부단한 노력 끝에 어느 순간 그 결과가 한꺼번에 나타난다는 사실이다. 즉 상향이나 하향사선이 아니라 계단식 상승, 계단식 하강이라는 점이다. 그러니 조금 노력해보고 마는 자들에게 원하는 목표 달성은 결코 쉬운 일이 아니다.

자전거를 배울 때도 거듭 넘어지다 어느 순간 잘 타게 되는 이치와 마찬가지라고나 할까.

우리 아이들이 뜻한 대로 살을 빼고 작은 성공의 경험을 축적했으면 좋겠다. 그것이 곧 앞으로의 인생을 살아가는데 필요한 큰 성공의 밑거름이 될 테니까.

어머니에게 마지막으로 업힌 날

– 어머니 사랑, 본능인가 희생인가

어머니가 가쁜 숨을 몰아 쉬며 날 업고 1학년 15반에 들어섰을 때 주의사항을 일러주던 담임 선생님이나 학생들은 모두 찬물을 끼얹은 듯 조용해졌다.

"죄, 죄송합니다. 우, 우리 아들이 몸이 불편해서……."

숨가쁜 어머니의 말에 당황한 선생님은 나를 황급히 맨 앞자리에 앉게 하셨다. 그렇게 나는 다시 한 번 나의 장애로 인해 많은 사람의 구경거리가 되어야만 했다.

어린 시절 내가 소아마비에 걸리자 하늘이 무너지는 듯한 심정으로 어머니는 나를 업고 전국 방방곡곡, 용하다는 병원과 한의원을 찾아다니셨다. 몸에 좋다는 것은 어떻게 해서든 구해 먹이며 어머니는 내 몸을 고쳐보려 애썼지만 백약이 무효. 혼자 힘으로 서지도 못하고, 한 치도 움직이지 못해 까딱하면 사람 구실 못할 위기에 빠진 장애인, 그게 바로 나의 모습이었다.

주위에서는 그런 나를 갖다 버리라고까지 했단다. 먹고살기가 그만치 어렵던 시절, 나 같은 장애아는 외국으로 입양을 가거나 수용시설에 팽개쳐져 짐승처럼 사는 경우가 많았다. 어머니는 자식을 내다버릴 거면 차라리 같이 죽겠다는 각오로 나를 키우셨다. 그것이 아슬아슬하게 넘긴 내 인생의 첫 번째 위기였다.

두 번째 위기는 학교를 입학할 때 왔다. 혼자서는 어디에도 갈 수 없는 내가 학교를 다닌다는 건 불가능한 일이었다. 가정 형편이 되는 집은 나 같은 애를 장애아동을 위한 특수학교에 입학을 시켰다. 일반학교에서 철없는 아이들로부터 놀림과 차별, 따돌림의 대상이 되는 것을 부모들이 못 견디기 때문이다.

그러나 우리 집은 그런 정도로 부유하지 않았다. 결국 나의 선택은 일반학교를 다니느냐 마느냐, 였다. 어머니는 당신이 매일 업어서 다니겠노라고 결심을 하셨고, 나는 동네 초등학교에 입학했다. 그 뒤 어머니는 아침에 나를 한번 업어서 학교에 데려다 놓은 뒤 학교가 파할 무렵, 다시 한 번 더 와서 날 업고 집에 오셨다. 그러다 고학년이 되어 도시락을 싸가게 되자 나에게 찬 밥 먹일 수 없다면서 직접 밥을 해서 점심때 다시 한 번 더 오셨다. 하루에 세 번을 오로지 이 아들을 위해 걸음을 하시는 거였다.

그러다 아이들이 도시락의 찬 밥 먹느라 목이 메는 것을 보시고는 다음날부터 커다란 주전자에 보리차를 끓여 들고 오셨다. 아이들의 양은 도시락 뚜껑에 어머니는 일일이 보리차를 따라주셨다. 오로지 장애가 있는 아들이 아이들과 잘 어울리며 공부하고 커나가길 바라는 마음이셨다.

무사히 초등학교를 졸업한 나는 집에서 가까운 중학교에 진학을 했다. 다행히 중학교부터는 내가 목발 짚고 걸어 다닐 수 있게 되었다. 그건 오래도록 이어진 피나는 훈련의 결과였다. 어머니의 무거운 짐인 내가 스스로 어머니의 등에서 내려온 거다. 게다가 중학교에서는 1층에 교실을 배정받아 별 어려움 없이 학교를 다닐 수 있었다.

고등학교에 진학한 첫날 입학식을 마치자 모든 학생들이 자신이 배정받은 반으로 들어가 담임 선생님의 지시를 따르라는 명령이 내려졌다. 운동장은 순식간에 비워졌다. 규율이 바짝 든 신입생들이 눈 깜짝할 사이에 각자의 반을 찾아간 거다. 내 손에 쥐어진 배정표는 1학년 15반. 4층 꼭대기의 교실이었다.

어머니는 이미 덩치가 커진 나에게 아무 망설임 없이 등을 대셨다. 어머니의 등에 업힌 나는 손으로 목발 드는 일밖에 할 게 없었다. 이미 조용해진 교사 계단을 어머니는 한 칸씩 힘겹게 올라가셨다. 울컥, 내 목구멍에서 뜨거운 것이 치밀어 올랐다. 왜 하필 나는 장애인이 되어서 이렇게 어머니를 고생시키나? 이런 고통이 언제까지 계속되어야 하나? 대상을 알지 못할 분노가 내 어린 뇌리에 가득했다. 하지만 어머니는 당신의 벗어버릴 수 없는 숙명처럼 나를 업고 2층, 3층, 4층을 차례로 오르셨다. 어머니의 마음에 무엇이 들어 있었는지 나는 알 길이 없다. 그저 주어지는 대로 인생을 살아가야 한다는 어렴풋한 각오만 내 안에 가득했다.

1학년 15반 담임 선생님은 종례가 끝나자 다가와 어머니에게 말했다.

"정욱이가 이 교실에서 공부하는 건 무리네요. 내일은 아래층 교실로 바꿔 드리겠습니다."

다음날 나는 1학년 3반으로 가도록 반 배정이 바뀌었다. 3반은 2층에 있는 반이었다. 나 대신 한 아이가 15반으로 가방을 싸서 올라갔다.

그후 나는 계단 오르는 법을 익혀 혼자 힘으로 고등학교를 다녔다. 그 덕에 내 손바닥은 목발을 짚느라 온통 두꺼운 굳은살이 박혔지만 어머니의 등에 다시 업히지 않아도 되는 것이 좋기만 했다.

흔히 사람들은 불편한 턱과 계단 앞에서 장애인을 업어주거나 들고 나르는 것이 가장 간단한, 그러면서 인간적이고 감동적이기까지 한 해결책이라 생각한다.

그러나 그것은 틀린 생각이다. 적절한 편의시설만 갖춰진다면 대부분의 장애인들은 혼자서 모든 일을 해결할 수 있다. 그리고 그건 모든 장애인들이 원하는 바이다. 남의 도움을 매일 받으며 미안하다, 고맙다를 입에 달고 다니며 살고 싶은 사람은 이 세상에 하나도 없기 때문이다.

오늘날까지 나는 독립적인 장애인으로, 남에게 의존하지 않으며 내 가족을 부양하는 자유로운 한 인간으로 살아가고 있다. 이것은 모두 강인함을 몸소 실천함으로써 나에게 보여주신 어머니의 희생과 노력 덕분이다.

어머니의 손재봉틀은 대단해

"죽어라고 벌어서, 죽어라고 사가지고, 죽어라고 버려."

얼마 전 텔레비전에 나온 한 노인이 오늘날 젊은 세대들의 행태를 꼬집은 말이었다. 이 말이 나에게 가슴 깊이 와서 꽂힌 이유는 바로 나의 삶을 돌아보게 했기 때문이다.

옷장을 열어보면 입는 옷, 안 입는 옷들이 뒤섞여 행여 간택될까 내 손을 기다리고 있다. 그러나 그 가운데에서 정말 뽑혀 한 철 입는 옷은 몇 벌 되지 않는다. 나머지는 그렇게 한 철 보내고 다음 철을 보내다 결국 버려진다. 동네 모퉁이에 있는 헌옷 수거함이 멀쩡한 옷들로 넘쳐날 수밖에. 그런 옷 가운데 쓸 만한 걸 골라 외국에도 수출하고 그러는 모양이니 그나마 다행이다.

어린 시절, 어머니는 우리에게 옷을 사주는 일이 흔치 않았다. 대신 장에 가서 옷감을 끊어오곤 하셨다.

무덥던 7월 초순의 어느 날이었다. 어머니는 하얀 바탕에 하늘색 체크무늬가 들어 있는 천을 몇 마 끊어오셨다. 며칠 후 온 가족이 떠날 휴가에 나를 포함한 3남 1녀에게 옷을 만들어 입힐 요량이었던 게다.

그날 저녁을 먹고 동생들이 모두 나가 놀 때 어머니는 벽장에서 시커먼 재봉틀을 꺼내 안방 한쪽에 자리를 잡으셨다. 대개의 재봉틀이 발재봉틀이었는데 어머니의 것은 손재봉틀이었다. 오른손으로 손잡이를 돌리면 바느질이 되도록 만들어진 이것은 아버지와 결혼하실 때 혼수품으로 장만한 물건이었다.

"탈탈탈탈!"

리드미컬한 재봉틀 소리를 들으며 이제 젖먹이 신세를 면한 막내는 저만치에서 땀을 흘리며 잠을 자고, 나는 어머니 곁에서 옷이 만들어지는 전 과정을 호기심 어린 신기한 눈으로 지켜봤다.

"자, 이리 와 봐라."

어머니는 손수 재단한 천을 이어 박으면서 수시로 내 몸에 옷을 대보셨다. 등판이 연결되고 칼라가 붙여지면서 소매가 이어지니 그저 무심했던 천 조각들이 표정을 가진 한 벌의 옷으로 탄생하고 있었다.

아이들마다 하나씩 옷을 만들어 줘야 하기 때문에 공정은 며칠씩 걸렸던 기억이 난다. 아이들 넷을 키우면서 남는 자투리 시간에 일을 하시려 했으니 그럴 만도 했다. 여동생에겐 그 헝겊이 어깨끈 달린 치마로 둔갑해 있었다.

어머니가 가위질을 하거나 단추를 다느라 재봉틀을 놀게 할 때 뭐든 직접 해봐야 직성이 풀리는 내가 가만히 있을 리 없다. 자투리 헝겊을 재봉틀에 집어넣고 박아보았다. 그런 나

를 어머니는 귀찮아하지 않고 작동법을 가르쳐 주시기까지
했다.

드디어 세 벌의 남방 셔츠와 한 벌의 치마가 완성된 날은
바로 우리 가족이 인천의 송도 해수욕장으로 놀러 가던 날이
었다. 그렇지만 어머니의 수제 셔츠를 입어본 순간 나는 뭔
가 어색함을 발견해야 했다. 단추를 잠그려는데 생각대로 쉽
게 안 되고 다른 옷들과 비교해도 어딘가 이상했다.

"엄마, 단추가 이상해."

"왜?"

"잘 안 잠겨요."

어머니는 자세히 살펴보더니 피식 웃고 말았다.

"섶 여밈을 여자 옷으로 했네."

알고 보니 처녀적 양재학원을 다녔던 어머니는 여자들의
여밈처럼 우리들의 셔츠 왼쪽에 단추를 달았던 것이다.

그래도 입는 데에는 별 지장이 없어서 우리 가족은 모두
인천으로 향했다.

인천 송도 유원지에 도착해 자리를 잡고 나자 함께 따라온
외사촌 누나에게 어머니가 내민 것은 놀랍게도 당신이 우리
옷과 함께 만든 원피스형 수영복이었다. 누나는 우리 집에서
식모살이를 하면서 공장으로 옮겨갈 기회를 엿보는 중이었
다.

"이거 수영복 만들었다. 입어봐라."

어머니는 나름대로 예쁘다고 생각한 꽃무늬 천으로 수영복
을 만들어 오셨다. 누나는 아무 말 없이 그 사제 수영복을

입고 우리와 함께 물에 들어갔다.

그러나 사제 수영복은 탄력성도 없고, 공기가 잘 통하지도 않았다. 그래서 누나가 물에 풍덩 뛰어들면 수영복 안의 공기가 빠져 나오질 않아 풍선처럼 평하게 부풀었다. 돌이켜 보면 한창 외모에 신경 쓰고 민감했을 그 사춘기 시절, 그런 옷을 입은 누나의 심정이 어땠을까를 생각해본다.

그렇게 우리에게 애환을 주었던 어머니의 손재봉틀은 많은 추억을 아련히 남기고서 지금은 은퇴해서 자신의 기능을 잃었다. 고쳐서 써보려고 지나가던 수리공에게 맡겼더니 좋은 부품 다 빼가버려 더욱 치명적으로 망가졌다고 어머니는 안타까워 하셨다.

하지만 지금도 어머니의 재봉틀은 본가의 한구석을 지키고 있다. 50년 가까운 세월을 우리 집안에서 어머니의 손때 묻은 채 인내하고 있다. 과연 재봉틀은 무얼 기다리고 있는 건지······.

그 재봉틀을 잡고 일어서며 걸음마를 배우던 나를 비롯한 3남 1녀, 그리고 그 배우자들은 누구 하나 옷 만드는 재주가 없다. 그저 죽어라고 벌어서, 죽어라고 사 입고, 죽어라고 버릴 뿐이다.

가정 평화 지키는 방법

- 설거지 나눠하기

한참을 싱크대 앞에 서서 설거지를 하던 아내가 갑자기 말했다.

"애들아, 밥한 사람은 최소한 설거지는 하지 않게 하자."

듣고 있던 내가 재빨리 그 말을 받았다.

"그래, 밥을 한 것만으로도 가족을 위해서 봉사한 건데 설거지는 면제해줘야 되지 않겠니?"

아이들은 내 말에 호응도 부정도 하지 않았다.

규칙을 시행해야 될 사람들의 동의와는 상관없이 나는 제안했다.

"엄마가 밥을 하면 우리가 돌아가면서 설거지를 하자고."

그러자 큰 딸이 불쑥 받았다.

"하지만 엄마는 우리가 설거지를 하면 깨끗하지 않데요."

이 말을 들은 아내가 가만히 있을 리 없다.

"너희들이 꼼꼼하게 안 하니까 그렇지. 일을 두 번 하게 만들잖아"

아이들도 또 나름대로 불만이 있었던 거다. 깔끔한 성격의 아내인지라 아이들이나 내가 한 설거지가 마음에 들 리가 없다.

"그러면 이렇게 하자. 당신도 편안하게 살려면 눈을 반쯤 감아야 해. 아이들이 할 때 부족하고 좀 지저분해도 좀 참고 넘어가야 된다구."

"내가 왜 그래야 돼? 깔끔하게 하는 버릇을 들여야지."

"아무튼 내가 영화를 보면 갱단 두목들이 만날 하는 대사가 이거야. 확실하게 하려면 직접 해라."

그건 사실이었다. 어설픈 상대방을 처치하기 위해 해결사를 보냈을 때 상대방이 오히려 해결사를 해결해버리면 참다못한 갱단 두목은 자신이 직접 무기를 챙겨 나서면서 이런 대사를 날리곤 했기 때문이다.

그렇게 해서 결국 앞으로는 아내가 밥을 하면 아이들과 내가 번갈아 가며 설거지를 하기로 했다.

그러면서 생각했다. 남에게 일을 시키려면 마뜩치 않은 것을 참을 수 있어야 한다고. 나 역시도 장애인이기에 가끔 내가 할 수 없는 일들은 남에게 심부름을 시키거나 대신 해달라고 부탁하는 경우가 있다. 어려서부터 남의 도움을 받고 신세를 많이 져서인지 그들이 해오는 일이 마땅치 않아도 참고 견디는 훈련이 되어 있다.

내가 작품으로 썼던 위대한 화가 박수근은 너무나 가난한 사람이었다. 그림만을 그려서 먹고 살려고 하니 일제하의 그

피폐하던 현실을 견디기 힘들었으리라. 그러한 박수근이지만 아내의 사랑을 받고 존경을 받으며 살 수 있었던 데에는 딱 한 가지 비결이 있었다.

그것은 바로 박수근이 집안 살림을 시간 날 때마다 적극적으로 도와주었다는 사실이다. 책을 읽어보면 박수근은 외출할 때도 빨랫줄에 빨래가 널려 있으면 꾸덕꾸덕하게 마른 걸 골라 걷어서 마루에 놔주고 나가곤 했다. 조금이라도 힘든 아내를 도와주고 부담을 적게 해주려는 배려심이 바로 그것이리라.

평양으로 취직되어 먼저 간 박수근은 이내 아내를 불러 올렸고, 가난한 살림이었지만 늘 행복한 신혼생활을 보낼 수 있었습니다.

그러나 아내와 함께 하는 신혼생활이지만 기쁜 것은 아니었습니다. 뼈저린 가난 때문이었습니다. 영하 20도 아래로 떨어지는 강추위에서 박수근은 코트도 없이 지내야 했습니다.

게다가 그가 방을 얻은 평양 기림리의 창동교회 집사님의 문간방에서 그들 부부와 아들 성소, 그리고 박수근의 동생 두 명, 조카 두 명 등이 함께 더부살이를 하고 있었습니다. 박수근의 알량한 서기월급으로 방세를 내고 생활을 하려니 늘 돈이 부족했습니다.

"여보, 미안하오. 고생만 시켜서."

"아니에요. 그래도 저의 기도가 이루어진 걸요."

아내 김복순은 친정에서의 끔찍했던 기억을 돌이키며 깨끗하고 가난한 남편과 사는 것이 행복임을 알고 있었습니다.

하지만 한 줌도 안 되는 쌀을 배급받고, 콩깻묵으로 연명하는 삶은 결코 쉬운 것이 아니었습니다. 게다가 둘째 아이를 임신해 건강 상태가 더욱 나빠지고 있었습니다. 뜨개질을 열심히 해 돈을 모았지만 새 발의 피였습니다.

그런 형편이었지만 박수근은 주말과 일요일이 되면 아내나 생활 주변의 모습을 열심히 스케치하며 그림으로 그렸습니다.

"맷돌질 다 했어요."

"수고했어요. 나도 그림 다 그렸소."

김복순은 애써 간 밀가루의 반죽으로 수제비를 뜨기 시작했습니다. 가난한 형편에 수제비로 한 끼를 해결하는 게 흔한 일이었기 때문입니다.

"여보, 내가 떠주리다."

박수근은 물감 묻은 손을 씻고 부엌으로 들어왔습니다.

당시만 해도 남자가 부엌에 들어가면 큰일 나는 줄 알던 시대였습니다. 그러나 박수근은 예외였습니다. 어머니가 편찮아 집안 살림을 도맡아 해본 그인지라 살림이 얼마나 힘들고 어려운 일인 줄 잘 알았습니다.

박수근은 아내가 해놓은 반죽을 능숙하게 주물러 얇게 수제비를 떠서 끓는 물에 넣었습니다. 마치 기계가 눌러 놓은 것처럼 능숙하고도 일정하게 끓어 넣는 솜씨가 한 두 번 해본 게 아니었습니다.

-국민화가 박수근에게 배우는 창조적 열정(뜨인돌어린이) 에서

아이들에게도 그런 원리를 이야기해주었다. 피곤하고 귀찮은 일일수록 서로 조금씩 나누며 해준다면 결국은 스트레스가 잘게 쪼개지고 분산되어 가정의 평화를 유지하는데 도움이 되지 않겠나 하는 생각에서.

"그게 무슨 말인지 잘 모르겠어요."

이해하려면 많은 시간이 필요할 것이다. 그저 자발적으로 우러나오는 마음으로 가사 돕기를 기대해볼 뿐이다.

남다른 사람이 활짝 꽃핀다

지 은 이 고정욱
펴 낸 이 김홍열
디 자 인 이지영, 김예나
영   업 윤덕순

초판발행 2014년 4월 20일
펴 낸 곳 율도국
주   소 서울시 도봉구 도봉동 609-32 (3층)
출판등록 2008년 07월 31일
전   화 02) 3297-2027
팩   스 0505-868-6565
홈페이지 http://www.uldo.co.kr
메   일 uldokim@hanmail.net